As dez vidas do senhor Cardano

José Carlos Mello

As dez vidas do senhor Cardano

José Carlos Mello

OCTAVO
São Paulo 2015

Imagem da capa
Jan van Eyck, c. 1390-1441, Portrait of a Man (Self Portrait?), 1433, Oil on oak, 26 x 19 cm

Capa
Casa de Ideias

Revisão
Livia Koeppl

Projeto gráfico e editoração eletrônica
Casa de Ideias

Grafia atualizada conforme o Novo Acordo Ortográfico da Língua Portuguesa

Dados Internacionais de Catalogação na Publicação (CIP)

(Câmara Brasileira do Livro, SP, Brasil)

Mello, José Carlos
As dez vidas do senhor Cardano / José Carlos Mello. — São Paulo : Octavo, 2015.

ISBN 978-85-63739-50-6

1. Ficção brasileira I. Título.

15-04671 CDD-869.3

Índices para catálogo sistemático:

1. Ficção : Literatura brasileira 869.3

[2015]

Editora Octavo Ltda.
Rua dos Franceses, 117
01329-010 São Paulo SP
info@octavo.com.br
www.octavo.com.br

"A realidade é que é fantástica.
Não tenho imaginação. Só um grande
dom de observação..."
Gabriel García Márquez

"Sacha reprime em si o desgosto, não pode ofender sua mãe, ela faz tudo por ele, o seu desgosto é produto da intolerância na qual foi educado..."
Anatoli Ribakov

"A religião, a sociedade, a natureza:
tais são as três lutas do homem..."
Victor Hugo

Acontecimento fora do comum, estranhamente bizarro, exigia o testemunho de todos. Pessoas responsáveis, dominadas pela curiosidade, trocaram a sensatez pela irresponsabilidade. Sestas foram canceladas, afazeres domésticos adiados, alguns faltaram ao trabalho e outros deixaram os deveres escolares para mais tarde.

Um afobado poderia considerá-los negligentes, certamente mudaria de opinião ao saber do que se tratava.

Caminhavam a passos rápidos, mesmo estando próximos de onde queriam chegar. Quem via da janela dos bondes ficava curioso: portas das casas descuidadamente abertas, lojas entregues às moscas, crianças, rapazes, moças, senhoras e senhores correndo. A agitação dava a certeza de que valia a pena pagar outra passagem para retomar a viagem.

O que se passava desencadeou uma sequência de novos eventos. Impossível prever até onde chegariam.

Poucas coisas que não as habituais deveriam ser esperadas nos dias nublados, ventosos, úmidos, frios e chuvosos do fim do inverno em Porto Alegre.

Não fosse o ocorrido restaria apenas relembrar episódios antigos, acrescentando cores mais fortes para reavivar emoções que perdiam vigor, à medida que o presente ia se tornando passado.

O tempo transforma os mais dramáticos acontecimentos em fatos rotineiros, roubando-lhes a grandeza e as emoções dos primeiros momentos.

O andar da vida, o revirar da história vai substituindo os sentimentos em relação ao que deixou de ser. Primeiro se vão as boas recordações, lentamente se apagam as más, por fim, restarão as pálidas lembranças. Nada mais inútil do que buscar a imortalidade, seja de que modo for.

Os políticos, dependendo do interesse dos que a eles sobrevivem, podem passar de pecadores a santos ou de santos a pecadores, de covardes a heróis ou de heróis a covardes. Seus feitos aumentam ou diminuem em função do que os vivos pretendem tirar dos mortos.

Nos meses quentes, que coincidiam com as longas férias escolares, os meninos passavam a maior parte do tempo na rua, no outono e no inverno ficavam mais em casa, onde tudo se dava sempre do modo esperado.

Caso acontecessem eventos fora da rotina eles logo seriam espalhados pelos arredores. Uma característica de vizinhanças como aquela é a rápida divulgação das notícias, principalmente as ruins.

Em menos de dez minutos após a surpreendente ocorrência ter sido anunciada, adultos, adolescentes e crianças estavam na rua Garibaldi, próximo à Cristóvão Colombo e na direção da avenida Farrapos, em frente a uma das três casas geminadas que seguiam a isolada da esquina.

A Garibaldi nessa quadra era árida e menos nobre do que as duas quadras seguintes, ladeiras com muitas árvores e casas que indicavam melhor padrão de renda de seus moradores.

As copas dos jacarandás plantados à beira das calçadas se tocavam, cobrindo a rua, dando a impressão de querer resguardá-la do calor e das chuvas, além de proteger artigos, clientes e comerciantes da feira livre das sextas-feiras.

As raízes ultrapassavam os limites impostos pelos canteiros e chegavam às calçadas, soltando as pedras portuguesas, quebrando a harmonia de seus desenhos e dificultando o caminhar entre os buracos que iam sendo abertos. Coisa alguma nasce para ser aprisionada, nem mesmo as raízes das plantas.

Na primavera as árvores se enchiam de flores azuis. Por seus troncos e galhos cresciam heras e ervas de passarinho, deixadas onde estavam quando da poda anual da prefeitura. Os ramos rebeldes eram serrados e as cicatrizes cobertas de cal para protegê-las de invasores. Algumas sementes caíam do bico dos pássaros e germinavam no encontro dos galhos mais grossos com os troncos, originando novas árvores alimentadas pela seiva das hospedeiras.

Num instante, pequena multidão aglomerava-se no escasso espaço em frente à porta aberta da casa geminada, tentando ver o que havia sido anunciado com estardalhaço e emoção.

Todos falavam ao mesmo tempo. Algumas senhoras choravam, outras rezavam, os homens pensavam de que modo poderiam ser úteis, os adolescentes olhavam o que se passava com indiferença, como se já tivessem visto tudo o que o mundo podia mostrar, as crianças estavam atônitas, algumas assustadas.

As mães queriam que elas fossem para casa, poderiam ter pesadelos à noite. O chocante espetáculo não era apropriado aos pequenos.

Esforço inútil, ninguém arredava o pé, ao contrário, cada vez chegava mais gente, a certa altura, atrapalhando o trânsito dos poucos caminhões e automóveis que passavam por ali, alguns diminuíam a velocidade para satisfazer curiosidades, outros paravam e estacionavam junto ao meio-fio, seus ocupantes desciam e engrossavam a aglomeração.

Os que ficavam mais atrás não conseguiam ver a dramática cena nem ficando na ponta dos pés, dependiam daquilo que chegava aos seus ouvidos, transmitido pelos que estavam à sua frente.

Quem ouve alguma coisa sempre acrescenta algo quando repassa, foi assim que escritos de tempos imemoriais, registrados dezenas de anos após a ocorrência dos fatos, chegaram até nós. De tão ampliados acabaram por parecer inverossímeis, impossíveis de serem realizados por humanos, então, passaram a ser atribuídos a deuses.

É provável que os das últimas fileiras recebessem notícias distantes da realidade.

Até os mais reservados moradores da redondeza chegaram: os proprietários do armarinho. Um casal de judeus idosos que criava um neto com a idade da maioria dos outros meninos. Entre si falavam uma língua estranha, com os fregueses, um português mal compreendido. Eram discretos e educados. Dava para imaginar que atravessaram o oceano para salvar suas vidas e a do menino. Os pais dele não tiveram a mesma sorte, partiram para o trágico destino imposto ao seu povo poucos anos antes.

Tornaram-se mais retraídos do que o habitual quando seu neto passou a ser hostilizado, judiado pelas outras crianças quando souberam por seus mestres que eles eram responsáveis pela morte de Cristo, inclusive o menino.

Os mais íntimos e os que poderiam ser de alguma valia eram convidados a entrar, os demais continuavam na rua, tentando ver pela porta com as duas folhas abertas o que se passava e ouvir relatos dos que haviam entrado, e que de vez em quando saíam pelo prazer de contar alguma novidade.

As duas janelas que davam para a rua permaneciam semicerradas, com as cortinas rendadas fechadas.

A velha senhora, sentada no vaso sanitário à vista das pessoas, despertava perplexidade, espanto, receio, medo, vergonha, toda a sorte de emoções com intensidade jamais sentida pela assistência. Nenhum dos presentes, nem mesmo os homens que haviam participado de revoluções ou vindo da Guerra, tinha presenciado uma pessoa respeitável sentada em uma privada. O ato necessário, intransferível, sempre praticado com discrição, agora era exposto aos olhos de todos.

A constrangedora cena era observada com respeito, ninguém ousava zombar do que via.

A patente de louça branca estava agarrada à parede, no segundo andar, sustentada apenas pelo encanamento da descarga e circundada por um buraco.

Pela abertura tinha-se a completa visão do que se passava. Seu tamanho era razoável, daria para passar uma pessoa de dimensões avantajadas como a vítima do incidente.

Os de baixo podiam ver suas pernas abrigadas por meias pretas de algodão, presas um pouco abaixo dos joelhos, conforme hábito das senhoras mais velhas, e cobertas por um longo vestido, também preto, da mesma cor da blusa de mangas compridas e dos sapatos de pelica, largos, sem salto, quase sapatilhas.

As pernas não ficavam quietas. Nervosas, balançavam o tempo todo, aumentando o risco do vaso despencar.

Querendo ajudar, os presentes gritavam para ela se aquietar. Apelos inúteis, as pernas continuavam indo de um lado para outro.

Os detalhes do vestir de senhoras dessa idade eram conhecidos dos outros por vê-las sentadas nos bancos laterais dos bondes, que não as protegiam dos olhares indiscretos dos passageiros sentados à sua frente.

Por menos provocante que fosse olhar as pernas daquelas companheiras de viagem vindas do Mercado Público, carregando enormes sacolas de compras, era melhor observá-las do que ler os reclames.

Os anúncios eram colados acima das janelas, ligeiramente curvados, acompanhando a inflexão no encontro da parte superior com a lateral do carro.

Anunciavam grande variedade de produtos, de uma pomada para combater espinhas a um tônico revigorante, passando por um regulador feminino a ser usado "naqueles dias" para falta ou excesso, sem esclarecer o que poderia faltar ou ser excessivo, nem que dias eram aqueles, e terminando por um gel fixador de penteados que "dava brilho sem ser gorduroso".

Apesar de serem sempre os mesmos, eram lidos e relidos muitas vezes durante as viagens. Raramente aparecia algum reclame novo.

A senhora que fizera uso do banheiro em má hora, agoniada, gritava, clamando por ajuda, inicialmente à assombrada plateia, depois a Deus. Pedia ao mesmo Deus que a colocara na perigosa e deselegante situação que a tirasse dela.

A vítima do grotesco incidente era gorda e passara dos sessenta. Sua intimidade estava bem protegida pelo longo vestido e pela calçola de algodão, ainda que arriada, em condições normais ela ia até a altura dos joelhos, quase encontrando as meias.

Usava o luto eterno imposto às viúvas italianas. Ela era avó de um dos garotos daquela vizinhança.

Entre lágrimas, sentada no vaso sanitário mal equilibrado, rezava a uma dezena de santos de sua devoção para que lhe tirassem dali antes que a privada despencasse.

Não lhe ocorria pedir uma escada a um dos presentes, nem a esses buscá-la. Se Deus quisesse, mandaria provê-la, senão, ela continuaria ali até que o vaso se desprendesse do cano e caísse na sala de jantar, ampliando o trágico espetáculo.

A providência mais efetiva foi mandar um menino à igreja Santa Terezinha buscar o padre. Ele reforçaria as orações e, acontecendo o pior, poderia dar assistência no derradeiro momento.

Caso chegasse a essa situação extrema poderia ter uma morte diferente da esperada, distinta da avó de um dos meninos da vizinhança, o Carlos, que há pouco partiu deitada em sua cama, com toda a família repetindo as palavras sagradas do pároco, pedindo o perdão por seus pecados e o ingresso no paraíso.

A morte em local impróprio certamente não seria bem-vista pelos vivos, provocaria chacotas e seria lembrada por muito tempo de modo desrespeitoso: uma vida piedosa e justa rememorada por um momento infeliz e não por suas virtudes.

A única mácula em sua existência era ter uma filha que fora mãe sem ter marido. Solteira, praticara enorme transgressão aos olhos da família, da Igreja e da sociedade.

O pecado inesperado e continuado produziu um menino gordo e estranho aos olhos dos adultos, não aos de seus colegas de mesma idade, ainda não entrados na fase dos julgamentos maldosos.

A falta de sua filha conspurcava suas virtudes, as da família e da vizinhança.

Para piorar, o neto preferia brincar com as bonecas da prima que se soquear ou jogar bola com os guris de sua idade.

Na casa geminada moravam, além da anciã, assim considerada, o seu neto, a mãe pecadora, um filho casado, sua mulher e a filha única, um pouco mais velha do que o gordinho. Não tinham empregada.

A jovem mãe ia à missa dominical cumprir o ordenado pelos mandamentos e procurar o perdão à sua falta, mesmo assim, sentia-se apartada da Igreja. Confessava-se com vergonha.

O padre dizia que o perdão, ainda que parcial, só seria concedido se ela casasse com o pai da criança, dando a entender que ação luxuriosa praticada em um momento de descontrole seria cobrada com severidade no Juízo Final.

A morte daria sequência à vida terrena, sua alma imortal padeceria humilhações até o fim dos tempos. A trágica perspectiva só aumentava o desânimo e a permanente tristeza.

A absolvição parcial, ainda que os regulamentos eclesiásticos não mencionassem essa possibilidade, abalava seus pensamentos: era desse modo que ela entendia o perdão de Deus intermediado pelo sacerdote. O tom de censura com que era imposta a penitência permitia que ela assim o compreendesse. Saía do confessionário se sentido meio perdoada e meio condenada, nunca na plenitude da graça alcançada pela remissão do seu pecado. Comungava com sentimento de culpa.

Ao contrário do esperado, deixava o confessionário com a alma mais pesada do que na chegada para praticar o ato essencial à comunhão.

Não lhe ocorria buscar um confessor mais velho, meio surdo e compreensivo ou procurar o padre polonês, capelão do Colégio Rosário que, entendendo mal a língua local, a absolveria com presteza, como fazia ao ouvir as centenas de confissões dos estudantes às sextas-feiras.

Permanecia repetindo todos os domingos seu pecado àquele jovem sacerdote, inflexível em seu modo de ver como as pessoas deveriam se afastar do demônio.

O padre tinha apenas o ouvido voltado para a pecadora, colado na treliça de madeira que separava os dois, evitava olhá-la, tinha medo de vê-la e ser enfeitiçado, como ocorreu com o pai da criança e com tantos colegas de ofício atraídos ao pecado mortal por paroquianas sedutoras.

Vivendo sem proteções, além de sua fé, às armas femininas de sedução, nem sempre voluntárias, mas fornecidas pela própria natureza, o clérigo temia pelos seus votos, principalmente pelo de castidade, de tão difícil observância quando se vive rodeado de tentações, escutando pecados dos quais deveria fugir. Ouvindo-os com mais interesse que o necessário poderia estar praticando uma ofensa aos compromissos assumidos quando de sua ordenação.

Chegava a invejar os monges ortodoxos gregos. Cristãos, castos e celibatários como ele, mas gozando da proteção das severas regras monásticas dos conventos do Monte Atos, onde é vedada a entrada de qualquer ser vivo do sexo feminino.

Cabras, galinhas, leitoas poderiam desnorteá-los em momento de intensa provação demoníaca, como diziam ocorrer com os meninos que vinham de áreas rurais do interior do estado.

O confessor sabia ser o sedutor, ou o seduzido, um fugitivo de suas obrigações, mas o compreendia, imaginava que a abandonara por causa da vergonha em ter praticado sexo antes do casamento, contrariando o ensinamento de seus mestres e se tornando um pecador.

Não lhe ocorria que a reação do pai da criança fora provocada pelo medo da reprimenda de seus pais e pelos deveres que deveria assumir, não pelo temor às bíblicas consequências.

As palavras do Senhor foram claras e imperativas: "Crescei e multiplicai-vos", sem citar a necessidade de bênçãos nem Suas nem de seus representantes. O prioritário era povoar todos os cantos do mundo, dominar terras, animais e águas.

O pecado praticado foi imposto por homens, por pecadores, e não pelo Criador.

Os textos sagrados são bastante esclarecedores sobre o que fazer com as adúlteras, mas pouco elucidativos com relação ao pecado da jovem mãe solteira. Uma lacuna que tinha que ser preenchida pelo julgamento dos homens, sem a orientação sobrenatural.

O confessor ficava confuso entre que o deveria fazer e o que aprendera em Lucas: "Não julgueis e não sereis julgados; perdoai e sereis perdoados." E ante a reação de Jesus diante de uma pecadora que mostrou arrependimento de sua vida desregrada. Para ela, Ele disse: "Teus pecados estão perdoados."

Vinha à sua lembrança a narrativa de João quando os fariseus condenaram ao apedrejamento uma mulher adúltera e Jesus ordenou aos julgadores: "Quem dentre vós não tiver pecado, atire a primeira pedra."

Não perdoando totalmente a paroquiana caída, ele sabia estar contrariando o ensinamento de Cristo, mas não a rígida disciplina imposta por seus mestres no seminário.

Sem ter dado o perdão absoluto, permitia que ela comungasse, aumentando sua falta. Na semana seguinte, na nova confissão isso não era mencionado nem perguntado, o padre não queria lembrar que ele era cúmplice de uma culpa que não contava ao seu confessor — comungava em pecado, como a paroquiana.

Dificilmente os erros se esgotam em si mesmo, eles tendem a se propagar.

A jovem mãe, dominada por uma torrente de hormônios em um momento impróprio, sabia que o ato de contrição, a penitência e a vida cristã impecável jamais a livrariam do fogo eterno. O máximo que poderia esperar era uma longa passagem no purgatório, dura, porém, melhor que a eternidade no inferno.

Casar com o pai da criança era impossível. Quando cheia de ternura, dominada pelo romantismo próprio da idade e pela felicidade que acomete as mulheres que serão mães, comunicou que ele seria pai, notou um pavor incompreensível no seu rosto. Alegando qualquer coisa, afobado, se despediu e nunca mais foi visto.

Para ela, a reação do amado foi inesperada. Imaginava-o compartilhando sua felicidade, escolhendo o nome da criança e fazendo planos para o futuro. O modo de agir do jovem cúmplice a deixou desconcertada e triste. Tristeza que nunca mais a abandonou e que transmitiu ao filho.

A absolvição não estava totalmente fora de seu alcance, poderia vir por meio de um abençoado matrimônio mesmo que tardio aos olhos de Deus, mas purificador e libertador do pecado.

O perdão pleno do confessor estava afastado, ele não havia recebido de forma explícita tão grande responsabilidade.

Se vivesse nos tempos da Santa Inquisição teria dois caminhos a seguir: poderia perdoá-la por ter sido engravidada por um demônio, um íncubo, ou puni-la mandando marcar seus seios com ferro em brasa.

A gravidez por um íncubo era bem aceita, involuntária e com frequência praticada por demônios que assumiam a aparência de padres, bispos e cardeais.

Os confessores sabem o que fazer após ouvir revelações de assassinos, ladrões, banqueiros, políticos ou de qualquer perpetrador dos sete pecados capitais, mas não com a luxúria cometida por mulher tão jovem.

Nesse caso, o pecado se opõe à virtude da castidade. A devassidão praticada por alguém que entregou sua virgindade antes do matrimônio perturba o discernimento dos encarregados por Deus de perdoar os pecados dos homens.

Na visita de Dante ao inferno logo após o limbo ele encontrou os luxuriosos envolvidos em doloroso turbilhão para todo o sempre. Destacava-se Francesca da Rimini, morta por ter amado Paolo Malatesta sem a benção da Igreja com a mesma idade da pecadora contemporânea.

Nos melhores momentos ela desejava ser atropelada por um carro na proximidade de alguma igreja, de onde viria às pressas um padre lhe dar uma extrema-unção. No seu entender, só deste modo seria salva. Não lhe ocorria pensar que estaria burlando regras sagradas e acrescentando mais pecado à sua vida impura.

Arrependia-se por não ter deixado o recém-nascido na entrada da capela da Santa Casa, como chegou a ser insinuado por seu irmão. Ele seria acolhido pelas irmãs de caridade e criado com carinho dentro dos princípios cristãos.

Quando do nascimento não havia mais a roda dos enjeitados, a discreta solução para casos como este fora abandonada poucos anos antes da indesejável gravidez.

O emprego mal remunerado em um escritório de representação comercial no centro da cidade não permitia que morasse sozinha com seu filho, tinha que viver com a mãe, o irmão e sua família, pagando o preço da moradia por meio da censura diária, vinda dos oito olhos que a circundavam durante as refeições.

Quando esboçava algum queixume, por menor que fosse, lembravam a gravidade do que fizera: preferia ficar calada. Mãe e filho comiam de cabeça baixa, atentos apenas ao prato.

Ela tinha vinte e dois anos, o ato libidinoso fora cometido aos quatorze. Sentia-se velha, sem esperança nem nessa nem na outra vida. Começava a engordar e a perder o viço.

Nunca foi bonita, contava apenas com a juventude para esconder as imperfeições que seriam realçadas e notadas com o passar dos anos.

Terminado o almoço, corria para pegar o bonde e voltar ao trabalho, onde era tratada com respeito. Nenhum colega sabia do seu terrível pecado. Temia pela sua descoberta e consequente demissão. Quem gostaria de conviver com pecadora de tal dimensão?

Aos domingos saía para passear com o filho, evitava as praças nas proximidades de sua moradia. Lembrava sempre que não era sua casa, era apenas uma moradia, como uma pensão para solitários ou um asilo para velhos abandonados pela família.

Caminhava um pouco a pé segurando a mão da criança, rindo e conversando com ele. Pegava o bonde duas ou três paradas adiante da habitual. O menino, nesse momento, somente nesse, se sentia querido e protegido.

Levava-o para bem longe de casa, para o centro da cidade, à praça da Alfândega, onde havia poucas crianças, predominavam aposentados que iam ali para sair um pouco da opressão doméstica e ver se encontravam alguém para conversar.

Ele brincava só, ela o olhava com carinho, observando que a criança fora punida com trejeitos que lhe trariam problemas mais tarde.

Na presença de pessoas conhecidas, ela o olhava com indiferença ou severidade, depois se arrependia, mas era melhor assim, foi a maneira que encontrou para exibir publicamente seu arrependimento, para mostrar que tinha consciência do ato lascivo praticado.

Nascera bonitinho como todos os recém-nascidos, mas nem nesse momento em que emoções tomam conta dos parentes foi alvo de carícias, palavras e dos gestos habituais nessas ocasiões.

O que foi dado de presente tinha apenas sentido utilitário e não era uma demonstração de afeto.

Ela recebeu com gratidão cueiros, fraldas, casaquinhos e sapatinhos tricotados pela avó e pela tia, e as pequenas calças de flanela costuradas em casa, somente as meias foram compradas, adquiridas no comércio popular nas proximidades da praça Parobé. Não eram bonitas, mas aqueceriam os pés da criança e isso bastava.

Não foi difícil perceber que não havia carinho na entrega. Não eram presentes, eram apenas roupas para que o menino não vivesse nu como os índios.

Foi recebido como um intruso, um não convidado que fazia questão de participar de eventos aos quais não tinha o direito de compartilhar. A família seria malvista se não o abominasse publicamente.

Apesar de tudo a mãe deveria ser grata aos seus, não a expulsaram de casa ao ser constatada a gravidez, como teria ocorrido em um lar menos generoso. As palavras duras e os olhares de censura eram as únicas punições que recebia. Tinha que agradecer a Deus por ter lhe dado grupo familiar tão compreensivo e tolerante.

Inocentes e culpados estavam aprisionados pela opinião dos outros e pelas regras da Igreja. Eram escravos sem se dar conta.

A própria legislação obrigava os cartórios a registrar esse tipo de criança como filho natural, um alerta de que se tratava de uma criatura sem pai conhecido.

O nascimento ocorreu em casa, feito por uma parteira, serviço comum no interior e em desuso na capital. Esse cuidado livraria mãe e avó de um sem número de perguntas inconvenientes.

Dos parentes e vizinhos não havia como esconder o ocorrido. O suspeito engordar da adolescente desmentia qualquer tentativa de dissimular a vergonha. O súbito emagrecer apenas confirmava o que somente uns poucos se negavam a acreditar.

Observavam o desenrolar da tragédia, mas não falavam com a família, apenas olhares, sorrisos maldosos e conversas que cessavam quando algum deles se aproximava indicavam que todos sabiam o que se passava.

A mentira engendrada pelo tio do enjeitado não foi levada a sério, ele espalhou que o pai morreu na Itália durante a Guerra. Partiu sem tempo para casar.

Com mais temores que os outros, a avó imaginava que todos na cidade sabiam do ocorrido àquela família católica, enxovalhada pelo pecado da recém-saída da infância que não soubera se controlar quando a luxúria tomou conta de seu corpo e da sua mente.

O castigo fora completo. Condenara a mãe a uma vida sem cores, sonhos ou esperanças, e a criança a ser diferente dos outros meninos.

Enquanto os do lado de fora aguardavam a Divina Providência enviar a escada que aliviaria a senhora de seu pesadelo, as mulheres rezavam e vertiam lágrimas, ainda que nesse momento já pudessem ser notados entre os homens alguns sorrisos maldosos.

Há mais de uma hora que olhavam para o alto, para o segundo andar, buscando alguma novidade, algum ruído, um estalido que indicasse a ampliação do drama, mas nada: a tragédia não evoluía. A cena estática começou a perder emoção, se assim continuasse em pouco tempo a plateia diminuiria e os comentários perderiam o tom respeitoso. Não há como evitar que assim seja, o mesmo se passa nos velórios muito longos.

Os meninos não arredavam o pé do lugar, se empurravam, cochichavam, riam baixinho e se agachavam, tentando ver alguma intimidade da velha senhora. Apenas o joelho, no meio do caminho entre o fim da meia e o começo da calçola, era visível.

Urgia tirá-la da incômoda e perigosa posição, salvá-la física e moralmente antes que a tragédia virasse comédia.

O neto chorava e soltava uns gritinhos estranhos, obrigando o tio a puxá-lo para longe da entrada, levá-lo à cozinha e aplicar-lhe um corretivo.

A família tinha medo do falatório dos vizinhos, caso notassem algo suspeito no menino.

Os familiares nutriam esperança de que aquilo, o estranho comportamento, passasse, para isso dedicavam a ele a maioria das orações noturnas. Não bem a ele, mas a eles mesmos, para que Deus os livrasse daquele pecado presente, visível, falante, que impunha vergonha a todos, impossibilitando uma vida normal à família.

Fizeram até uma peregrinação à sepultura do padre Reus, em São Leopoldo, para pedir a sua cura antes que ele crescesse e piorasse. Estavam sendo atribuídos milagres ao jesuíta alemão, recentemente falecido.

Foram todos. A velha matriarca participou da excursão sem saber a razão de viagem tão longa, seu cérebro não assimilava informações novas, sequer sabia da necessidade do neto ser curado. Curado do quê? O menino sempre fora sadio.

Era gordinho, sinal de boa saúde, e, como todas as crianças, teve apenas brotoejas, sarampo, catapora, varicela, coqueluche, rubéola, pneumonia, duas ou três gripes a cada inverno e uma caxumba que curou sem que baixasse para o saco, como já acontecera com um colega do colégio, se ocorresse essa desventura a Pedro, esse era o seu nome, não poderia ter filhos.

Só recebeu um nome aos três anos de idade, até ali era chamado apenas de guri. Como todo mundo tem um nome resolveram lhe dar um, discutiram e não chegaram a uma conclusão, além do mais, não queriam colocar o sobrenome familiar em alguém que poderia enxovalhá-lo. As discussões se prolongaram por mais de um ano.

De repente, durante um almoço, a velha gritou: “Pedro, me passe a pimenta.” O menino atendeu o pedido e passou a ter nome. Agora precisava de um sobrenome.

Decidiram por unanimidade não colocar o sobrenome materno, honrado até onde conheciam a história da família. Recebeu apenas o de um imaginário pai, também de origem italiana: Cardano. A criança passou a se chamar Pedro Cardano.

Esperaram na longa fila de angustiados como eles, quando chegaram à sepultura, coberta de flores e de papeizinhos, para que o santo não esquecesse o que havia sido pedido, se ajoelharam e rezaram. Imploraram a cura da maneira de ser do menino, utilizaram metáforas, o santo compreenderia o que se passava sem escutar palavras chulas. Lembraram que se ele não sarasse na idade adulta percorreria a senda do pecado.

Compraram um santinho com o retrato do visitado e um fiapo de sua batina. A crença local é que aquele conjunto de providências livraria qualquer um de seu sofrimento.

Na volta, a família estava animada, se sentia bem e já antevia dias melhores. O alvo da peregrinação olhava a paisagem e, de vez em quando, manifestava espanto em seu modo escandaloso de ser, dando a perceber que não deveria ser esperado muito da romaria. A cura não seria tão rápida como gostariam.

Chegavam a imaginar que sua presença dificultaria a vida da prima. Morena, baixinha, atarracada, cadeiruda, cabelo preto, grosso e crespo, sobrancelhas cerradas, unidas por cima do nariz, braços peludos, um pouco gorda, um leve buço, menos denso que o da avó. Conjunto que dificultaria, mesmo em condições normais, encontrar um bom partido. Sequer a juventude amenizava a falta de graça.

Com o apoio da mãe ela se esforçava no aprimoramento das prendas domésticas: sabia cozinhar, costurar, cerzir meias com ovo de madeira, tricotar, fazer crochê, enfim, tudo que uma mulher precisaria saber para tornar o marido feliz. Aparecendo um pretendente, esconderiam o guri e ressaltariam suas aptidões: "Ela será uma excelente dona de casa!"

A apreensão familiar era natural. A menina já não era atraente, imagine as dificuldades que teria com aquela presença incômoda espantando eventuais pretendentes.

Como apareceu, poderia desaparecer. Morrer de alguma doença, ser raptado, fugir de casa, como já acontecera com outros de sua idade, nessas hipóteses, ninguém o procuraria.

Caso alguma dessas possibilidades ocorresse, o milagre da purificação familiar seria atribuído ao padre Reus. De um modo ou outro o problema teria sido afastado.

A jovem mãe poderia, então, arrumar um marido. Ela sabia da dificuldade que seria encontrar um bom casamento, além da falta de atributos, a ausência da virgindade era um obstáculo quase intransponível.

Tentaria explicá-la por meio de um trágico e fantasioso estupro na calada da noite em um terreno baldio, com os malfeitores encostando-a contra um muro e perpetrando o ato mal-intencionado.

A história não reduziria sua falta, já que não teve a coragem de Santa Maria Goretti, assassinada aos doze anos por recusar a entregar sua virtude a um estuprador.

Organizaria a narrativa sem se aprofundar em detalhes para não cometer erros quando a repetisse. Diria não lembrar quantos eram os facínoras nem onde se perpetrara o violento ato. Apenas falaria entre lágrimas: "O trauma, de tão grande, apagou a minha lembrança."

Acreditando ou não na história, os pretendentes a aceitariam se tivessem o propósito de casar, de constituir família ou escapar da solidão.

Havia boas possibilidades com homens velhos, solteirões ou viúvos, que poderiam tirá-la do convívio sufocante de sua família e lhe dar um lar. A pecadora casaria, partiria, limparia seu nome e o de seus parentes. O alívio se estenderia ao padre confessor, à parentada do interior e à vizinhança.

Um marido com idade avançada não se importaria com o juramento que ela fez perante o Espírito Santo, na igreja Nossa

Senhora das Dores, no começo da rua da Praia, de que manteria o que lhe restasse da castidade até o fim de seus dias. Só falaria disso na noite de núpcias.

Em que pesem as orações e promessas o menino continuava do mesmo jeito. Crescia e engordava, não era alegre nem risonho, transformara-se em alguém infeliz e assim permaneceria até a adolescência quando descobriria que havia outros como ele.

A mãe também engordava, envelhecia mais rápido que o esperado, a hereditária penugem sobre o lábio superior se fazia presente e se espalhava pelo rosto, crescia perto das orelhas.

Não saia de casa a não ser para ir ao trabalho, à missa e às inúteis confissões, nem levava mais seu filho para passear aos domingos.

Em algum momento se vestiria de preto como sua mãe, para que pensassem ser ela viúva. Os críticos trocariam as censuras pela solidariedade com aquela jovem criando o filho sem o apoio de um marido.

A artimanha só surtiria efeito se ela se mudasse para um bairro distante ou para outra cidade, onde recomporia sua vida. Buscaria outra religião cristã que não exigisse confissões, e, pouco a pouco ela e seu filho passariam a acreditar na nova versão dos fatos. Mesmo com seu pouco conhecimento sabia que a repetição transforma mentiras em verdades e verdades em mentiras.

O sonho impossível servia para acalmá-la quando tomada por pensamentos sombrios.

Jamais seria feliz, mesmo que se visse livre daquela criatura pela qual nutria sentimentos conflitantes, alternando o benquerer com o malquerer, sofrendo e culpando-se pelo descontrole voluptuoso, quando, em pé, encostada no muro de um terreno baldio no fim da rua o concebera em não mais que três minutos.

Deus, em sua generosidade e bondade infinitas, atendeu as orações: apareceu a escada — comprida, tinha uns três metros, veio de uma obra na vizinhança. Passou com dificuldade pela porta.

O operário que trouxe foi o salvador. Retirou a senhora da perigosa e constrangedora situação sem receber palavras de gratidão. Saiu em silêncio no meio do alarido dos que se amontoavam na sala e na rua, passou incógnito pela aglomeração sem receber os cumprimentos devidos.

Em terra, a salvada, com mau humor, recusou todos os chás e remedinhos oferecidos.

Pediu seu terço, carregava ele para qualquer lugar, menos ao banheiro, não considerava apropriado fazer orações naquele momento de isolamento nada piedoso. Recolheu-se a um canto da sala e se pôs a rezar, agradecendo a Deus a provação passada e a salvação.

Não lhe saía da cabeça que devia o ocorrido ao pecado da filha.

O sofrimento aproxima os fiéis do Salvador, redime pecados e pesa de modo favorável na contabilidade do Juízo Final. Ser retirada da perigosa posição possibilitava dedicar seu tempo a orações que demonstrariam gratidão por sua salvação.

A porta da casa permaneceu aberta até ao anoitecer. Retardatários chegavam e pediam pormenores, recebiam informações ricas em detalhes e davam graças pelo final feliz.

Opiniões variadas eram emitidas, desde a possibilidade de despencar todo piso superior até o risco da situação se estender às casas vizinhas.

As senhoras prolongaram as conversas: "Ela está muito gorda, a privada não foi feita para aquele peso." "Ouviram os gritinhos do neto? Coitada!" "O terço puxado pelo pároco não valeu para nada, ele chegou depois da escada." "Deviam ter chamado o cônego da Conceição." "Ele não viria, está muito velho." "O filho não fez coisa alguma, só se preocupou com o sobrinho, como se ninguém tivesse notado." "Coitado, a mãe é uma carga, a irmã é ninfomaníaca, a filha é horrorosa e a mulher uma songamonga."

O importante de haver participado do grande evento é que ele seria lembrado por gerações, e, certamente, apareceria nos jornais no dia seguinte.

No começo da noite as portas do teatro da tragédia involuntária foram fechadas, cada um se dirigiu à sua casa para jantar e ouvir o Repórter Esso, testemunha ocular da história, que noticiava tudo que de importante ocorresse. Por ele se soube o fim da Segunda Guerra Mundial, a deposição do ditador e o suicídio do presidente da República. Todos os acontecimentos extraordinários eram comunicados às sete horas da noite pelo noticiário radiofônico.

Sem dúvida alguma o acontecido seria noticiado, dando fama às cercanias e transformando os seus habitantes em importantes testemunhas da história, que seria repetida nos colégios, locais de trabalho, feiras livres, bares, em qualquer lugar onde houvesse algum curioso disposto a ouvir as narrativas e depois repassá-las.

Os que a viram de perto, e, de certa forma, participaram do ocorrido, ganhariam destaque social.

Enorme foi a frustração: o principal noticiário do rádio brasileiro não mencionou o evento. Se não fizesse referência a algum fato era sinal de que ele não era importante.

A voz de barítono, firme e sonora do locutor leu as notícias do dia sem mencionar o trágico acontecimento da rua Garibaldi.

Os mais otimistas chegaram a imaginar que ele receberia destaque em uma edição extra, como aquela que noticiou recentemente a morte de Getulio Vargas.

As decepções continuaram. Ao amanhecer do dia seguinte nenhum dos três jornais em circulação divulgou o acontecido.

O quarto jornal, o Diário de Notícias, não estava sendo impresso, suas oficinas tinham sido incendiadas por uma multidão enfurecida, em desagravo ao presidente suicida. O periódico escrevia sobre seus desmandos e omissões, desagradando seus seguidores.

Um fato não divulgado era desimportante ou sequer havia ocorrido. A imprensa não se interessou em noticiar aquilo que causara tanto impacto a quem o presenciou. Se alguém insistisse em contá-lo poderia passar por mentiroso.

O melhor a fazer era calar-se, revivendo-o apenas entre os do pequeno grupo que teve a fortuna de assisti-lo.

O que não chegaram a se dar conta é que pouquíssimas criaturas ao longo de suas vidas participaram ou presenciaram algum feito notável, e eles tinham sido atores, ainda que coadjuvantes, de um fato épico. Se algum deles morresse nos próximos dias os parentes poderiam dizer que ele teve uma vida rica.

A narrativa de um para outro evitaria o esquecimento de algo que mexera de forma tão profunda com suas vidas. A tradição oral o guardaria para as próximas gerações. Passadas algumas dezenas de anos alguém poderia colocá-lo no papel e salvá-lo para a posteridade.

Caso a anciã despencasse e morresse atingida pelo vaso sanitário, o fato ganharia as manchetes dos jornais e espaço nos noticiários radiofônicos.

O curto trecho da longa Cristóvão Colombo era rico em acontecimentos, embora poucos tão bizarros como o narrado.

Em alguns metros ocorriam eventos inacreditáveis, que tiravam a rotina do esperado.

Estreito, barulhento, sem árvores, desprovido de graça, com uma dezena de casas simples com um ou dois pavimentos, uma alfaiataria, uma pensão, uma farmácia, um armazém, um açougue, um armarinho, um bar, um ponto de carros de praça, duas paradas de bonde, três pequenos edifícios sem elevador e um enorme palacete, construído nos anos vinte e habitado por um casal de velhos italianos.

A suntuosa moradia foi erguida para acolher Benito Mussolini, caso ele algum dia passasse pela cidade. Reza a lenda que o conde Galeazzo Ciano, genro do ditador italiano, teria passado uma noite ali.

Por alguma razão, todos os moradores sabiam da vida dos outros em seus detalhes mais sombrios.

Doenças, brigas, traições, intrigas, separação de casais, desvios de comportamento, qualquer coisa era imediatamente divulgada com acréscimos impactantes.

Os acontecimentos positivos não tinham a mesma repercussão dos desabonadores, mesmo fazendo parte dos falatórios. Assim foi quando a viúva com cinco filhos pequenos foi aprovada no concurso dos Correios e o irmão mais velho de um dos meninos passou no exame para a faculdade de medicina. Fatos difundidos rapidamente, mas sem o entusiasmo que teriam caso a viúva fosse reprovada e seus filhos mergulhassem na miséria, e o estudante não fosse bem-sucedido no vestibular e acabasse expulso de casa.

Quem alardeia ocorrências compreende muito bem o desejo universal de receber informações sobre o que deu errado em detrimento ao que deu certo.

Quanto da história não se perdeu nos escassos períodos de tranquilidade entre uma guerra e outra? Sabemos tanto sobre a Terra Santa pela pouca paz que ali reina nos últimos três milênios e muito pouco sobre a Suíça, em sua perpétua calma.

Escritores, sábios, jornalistas, teatrólogos, profetas, oráculos, arautos, mensageiros, bardos, poetas, historiadores, cartomantes, tarólogos, são narradores de tragédias ocorridas ou a ocorrer: sem elas teriam pouco a contar.

Dos mais remotos aos mais contemporâneos documentos, poucas são as referências aos períodos de sossego ou das boas colheitas.

Os livros sagrados falam mais em castigos cruéis do que em pacíficas recompensas. Os poetas épicos jamais deixaram de exaltar o lado sinistro do que contam mesmo quanto o intuito era narrar grandes feitos.

As notícias não dão destaque a um navio que chegou ao porto conforme o esperado e cujos passageiros desembarcaram em segurança, o contrário ocorrerá se ele afundar e todos morrerem afogados.

Se Romeu casasse com Julieta, pacificando Capuletos e Montecchios, nada saberíamos da bela narrativa de amor entre os dois jovens. A funesta ocorrência inspirou Shakespeare e trouxe a história aos nossos tempos.

A *Ilíada* fala do rapto de Helena, da ira de Aquiles, da fúria de deuses vingativos, da peste dizimando soldados na Guerra de Troia, descreve os corpos insepultos à mercê dos cães e das aves de rapina.

Foi deste modo que Homero, há mais de dois mil e quinhentos anos, deu início à literatura ocidental, criando os parâmetros para a prosa, a poesia e a reportagem, que predominam até hoje.

Antecedendo o poeta grego, 2750 anos antes de Cristo, na Suméria, o primeiro texto escrito de que se tem notícia, redigido em caracteres cuneiformes, conta a epopeia de Gilgamesh, herói que violentava mulheres virgens e agia sempre de modo arrogante, brutal e tirânico, e que, apesar disso, foi abençoado pelos deuses e por eles salvo de um grande dilúvio que dizimou toda a humanidade.

Em sonho, uma divindade determinou que ele construísse uma arca e nela se abrigasse do terrível castigo que seria imposto aos homens, em virtude de seus pecados. De seu barco viu "os mortos flutuando no mar como as ovas dos peixes."

O vilão foi recompensado, o que não causou estranheza aos humanos que vieram depois dele. Do devastador dilúvio aos dias atuais é comum as divindades darem vida aprazível aos vilões.

As histórias infantis introduzem os pequenos ouvintes, ou leitores, no mundo de perversidades onde viverão. Cedo ficam sabendo que o lobo mau queria devorar a carne macia da Chapeuzinho Vermelho, que a pobre Cinderela sofria nas mãos de uma madrasta má, que a princesinha tinha que se esconder sob uma pele de asno para escapar de uma relação incestuosa com seu pai e que Sherazade inventava histórias para que seu marido não a assassinasse e ela pudesse viver pelo menos mil e uma noites.

As crianças dessa história tinham que se contentar com o que se passava naqueles poucos metros próximos às suas casas.

Na falta do que fazer, a vizinhança retornava à cena da tragédia para ver o buraco no piso e a privada dependurada, ela não despencou como era de se esperar. Ficou onde estava. A família passou a utilizar um pequeno, escuro e desconfortável banheiro que havia do lado de fora da casa.

Comentava-se que nos dias mais frios tomavam banhos de assento numa enorme bacia colocada na cozinha.

O buraco não aumentou, afastando outros perigos. Os que iam ao segundo piso buscar alguma coisa caminhavam com cuidado, evitavam dar passos firmes e se aproximar da cratera, esgueiravam-se de costas com os braços abertos junto às paredes. As urgências noturnas eram satisfeitas em urinóis brancos, esmaltados, que ficavam embaixo das camas. Não era incomum o uso desse recurso. Qualquer boa casa de artigos domésticos tinha esse utensílio em seu estoque.

Não ficou esclarecido onde os moradores passaram a dormir depois do incidente. Os quartos ficavam no piso superior e eles temiam a falta de segurança, mesmo que a fragilidade continuasse limitada ao banheiro.

Embaixo ficava a sala principal, dividida em dois espaços separados por uma fronteira invisível: refeições e estar, atulhados de coisas de pouco valor material e estético. Quinquilharias distribuídas de modo desordenado, amontoadas, a ponto de ser difícil individualizá-las, impossibilitando ao visitante achar algo interessante no meio da confusão, se é que havia alguma coisa que valesse a pena ser vista.

Eram daquelas pessoas que têm dificuldade em se desfazer de embalagens, caixas de papelão, papéis de embrulho, fitas e cordões que amarram os pacotes com presentes, sempre lembram que em algum dia poderão ser úteis.

Os poucos metros quadrados do local eram preenchidos pelo espaço das refeições, pelo trio (sofá e duas poltronas), pela mesinha de centro, pela de canto e por um armário de madeira trabalhada com portas envidraçadas, diziam ser Chippendale.

A mesinha de canto, em que pese ser a menos exposta, era peça essencial na decoração, nela, um vasinho de louça repousava sobre uma toalha de crochê e abrigava um ramalhete de flores de papel crepom, ao seu lado, o porta-retratos exibia uma paisagem europeia recortada de uma revista e o santinho emoldurado do padre a quem passaram a responsabilidade de resolver o problema do Pedro.

A mesa oval onde faziam as refeições ficava coberta por uma toalha de renda bordada à mão, por cima dela, um vaso de cristal sem flores, o ornamento era o próprio vaso.

A mesa era circundada por oito cadeiras, duas à disposição de improváveis visitas.

Na parede atrás do sofá as gravuras e fotografias eram as esperadas: o Coração de Maria e o de Jesus lado a lado, a reprodução da Santa Ceia conforme Leonardo da Vinci e três retratos em preto e branco de Getulio Vargas. Preso acima dos quadros, quase tocando no teto, ficava um crucifixo de prata.

Espalhados por outras paredes estavam dependurados os retratos da família em molduras redondas laqueadas: casamentos, formaturas, batizados, primeira comunhão, conclusão do tiro de guerra, e, lado a lado, um diploma do curso Normal do Instituto de Educação e o da Escola de Comércio, que demonstravam o preparo do casal responsável pela casa.

A pequena exposição colocava a família em perigo, alguém maldoso ou desavisado poderia perguntar: "Onde está a foto do casamento da mãe do menino?"

Um tapete arraiolo cobria todo o assoalho, estampado com flores de diversas cores e desenhos, às crianças, parecia ser o tapete mágico das *Mil e uma noites*, poderia voar a qualquer momento.

Toda casa revela a personalidade de seus moradores, essa não reservava surpresas, salvo a ocorrência da privada e o mau passo da menina.

Como a maioria das moradias brasileiras, ela tinha poucos livros, mesmo as revistas eram escassas. Não liam a *Revista do Globo* nem *O Cruzeiro*, se algum exemplar estivesse sobre alguma mesa ou cadeira era por acaso.

Os quatro volumes da *Enciclopédia Lello Universal*, encadernados em couro escuro com letras douradas nas lombadas, ficavam na prateleira mais alta da cristaleira, onde também eram guardadas as melhores louças e talheres.

A enciclopédia lusa tinha o mesmo destino das louças e dos talheres: nunca era manuseada. Foi comprada de um vendedor que ia de porta em porta oferecendo seus livros, falando da enorme utilidade que eles teriam no aprimoramento educacional dos jovens.

Nem o menino nem sua prima podiam pegá-la sem a presença de um adulto, queriam evitar danos aos preciosos volumes. Assim os anos passaram e ela não cumpriu sua finalidade: aprimorar a educação dos jovens.

Os visitantes, ao verem os quatro volumes, percebiam o valor que davam ao conhecimento. A opinião alheia pautava a vida daquela família, das da vizinhança e de todas da cidade.

O sentido daqueles livros e daquelas louças era meramente ornamental. Uns não eram lidos e as outras não eram usadas. Não decorassem o ambiente não teriam utilidade alguma.

O único material lido pelas mulheres era o magazine *Burda*, em espanhol, comprado na Galeria Chaves duas ou três vezes a cada ano. Nele, as senhoras se mantinham atualizadas a respeito das novidades em costuras e bordados.

As duas jovens folheavam nas casas das colegas a revista *Grande Hotel*. Gostariam de lê-la, mas os adultos vetaram. Fotonovelas de amor estimulariam práticas indecentes, bastava a indesejada gravidez ocorrida sem outros incentivos que os naturais.

Os almanaques completavam o acervo literário. Eram distribuídos nas farmácias ao final do ano. Ricos em informações raramente lidas, a não ser as do *Almanaque da Saúde da Mulher*, com um subtítulo redundante: "A saúde da mulher é da mulher e de mais ninguém." Esse ficava escondido em um armário de roupas, os dois homens da casa não tinham informações nela contida.

Ainda que pouco lido, o material escrito era respeitado. Nada era jogado fora, quando a pilha crescia, as revistas, alguns exemplares de *Seleções* e os almanaques eram guardados na prateleira inferior da cristaleira, onde repousariam para a eternidade, fechados, protegidos de olhos curiosos, cobertos de poeira e à disposição das traças.

A leitura mais importante era a das manhãs dos domingos, mais um ritual a ser cumprido que a curiosidade em saber o que ia além de suas existências.

O *Correio do Povo* circulava de mão em mão com maior ou menor rapidez, dependendo do interesse despertado.

O jornal não mencionava a palavra sexo em hipótese alguma, o que permitia sua leitura sem receios por toda a família. As notas sobre estupros, crimes passionais ou casos de pedofilia eram apresentadas com tanto cuidado que poderiam ser lidas até pelas moças, ou melhor, pela moça.

A mulher do homem da casa e sua filha se interessavam apenas pela coluna social.

Tudo que se passasse nos degraus superiores da sociedade era de interesse das duas. Sentiam suas vidas enriquecidas ao saberem de acontecimentos para os quais jamais seriam convidadas, e caso fossem, não iriam por falta de roupas e de traquejo adequados para frequentar lugares sofisticados.

A matriarca, depois do ridículo incidente da privada, passou a falar muito pouco, apenas comia, dormia e rezava, não tinha interesse em nada. Ela e a filha solteira sequer pegavam o jornal. Por razões distintas podia-se dizer que as duas haviam se apagado para a vida, uma por ser velha e outra por não ser mais "moça".

O chefe da família, de uns trinta e cinco anos, lia e relia os anúncios de emprego como se estivesse à procura de um lugar melhor para trabalhar. Ele sabia que só sairia de onde estava se fosse despedido ou a firma viesse a falir. Por sua iniciativa jamais se lançaria em aventuras perigosas: não tinha mais idade para isso.

Passava rápido pela política. Respeitava as autoridades, confiava nelas, não perdia tempo observando o que faziam para o bem de seus eleitores. Era melhor assim, se prestasse mais atenção poderia sofrer decepções. Não gostava de esporte, nao torcia para clube algum. Além dos anúncios lia os convites para enterros, a página policial, as notícias religiosas e as militares.

No almoço, falava à desatenta família o que se passava na cidade:

— O comandante do Regimento de Infantaria foi provido. O arcebispo alertou sobre o perigo vermelho, vou mandar um telegrama apoiando-o. O dentista da mamãe morreu, o enterro será amanhã.

As notícias animavam a refeição provocando curtos comentários ou perguntas distraídas, impedindo que o almoço domingueiro se passasse em completo silêncio.

O chefe da família casou casto e com sua única namorada. Vestia-se com o aprumo possível, o compatível com seu tipo físico e o salário recebido. Baixo, atarracado, um pouco acima do peso, portava um bigode fino próximo à boca e afastado do nariz que era o seu orgulho, o aparava e penteava todos os dias. Arrumava o cabelo negro com uma goma para deixá-lo brilhante e solidamente liso — eliminando o crespo natural.

A mulher, quando o via arrumado, pronto para ir para o trabalho, falava no seu ouvido: "Estás parecendo o Rodolfo Valentino." Os dois riam e um beijava a bochecha do outro.

Nesse ambiente austero, sem perda de tempo com tolices, futilidades ou risos, estava sendo criado Pedro. Seus tios acreditavam mais na cura pelo exemplo que pelo milagre.

Educado deste modo, em algum momento mudaria suas atitudes e passaria a se comportar como o tio. Seria um homem sério e cumpridor de seus deveres. Na idade adulta, seu pecaminoso nascer seria esquecido e a distância dos tempos da Guerra tornaria verossímil a história de um pai morto em campo de batalha.

Pedro teria um passado honrado, poderia contá-lo aos seus filhos sem dele sentir vergonha.

O tio dava imenso valor à segurança que sentia em trabalhar na enorme casa de ferragens onde era guarda-livros. Não conheceu outro emprego, sequer servira ao Exército, foi dispensado por ter pé chato. Com esforço, conseguiu ser aceito no Tiro de Guerra, que concluiu com louvor.

Estava lá desde a formatura, aos dezoito anos, do curso noturno de contabilidade da Escola Técnica de Comércio da rua da Praia. Recebeu da mãe um anel de formatura com uma pedra rosa, comprado na Casa Masson. Com orgulho o usava no dedo anular direto.

Sua escrivaninha, em frente a do patrão, ficava no posto de comando e observação da empresa: um mezanino no final do salão, entre o piso e o teto.

Os dois ficavam separados por menos de quatro metros. A posição permitia que um observasse o outro, além de acompanhar o comportamento dos empregados e o ir e vir dos clientes.

Por respeito, evitava olhar o chefe e esse o contemplava continuamente, enxergando-o no meio da penumbra produzida pela catarata, poderia colocar outro no seu lugar que o velho não notaria.

O acesso ao mezanino se dava por uma escada de madeira junto à parede, mais empinada do que deveria ser, parecia conduzir a um alçapão, mas não, ela levava ao lugar de onde a direção podia ver tudo o que se passava na loja.

Os olhos opacos da chefia só não alcançavam o depósito. Um galpão construído no antigo quintal, separado de onde os compradores encontravam os vendedores por uma cortina de tiras coloridas de pano barato, gastas no meio e parecendo novas, ainda que empoeiradas, nas extremidades.

Não ver de uma mirada de olhos o que se passava no depósito inquietava o proprietário e dirigente maior do estabelecimento, obrigando-o descer e subir várias vezes a incômoda escada para inspeções de surpresa.

As pernas fracas, a artrite, a escassa visão faziam com que descesse como se estivesse subindo. Curvado, virado para o alto e não para baixo, agarrando com a firmeza possível os dois corrimões, sentia-se mais seguro procedendo desse modo.

A má audição não permitia ouvir o ranger dos degraus que anunciava sua aproximação. O que via no depósito lhe produzia satisfação, todos calados, trabalhando levando mercadorias de um lado para outro.

No espaço principal, em duas fileiras de balcões, ficavam os vendedores. Os funcionários pareciam estar sempre felizes. Sinais de mau humor, desatenção, preocupação ou de algum desconforto poderiam espantar os clientes e desagradar o patrão.

Os balcões ficavam um em frente ao outro, separados por uns cinco metros, atrás deles, fixas às paredes, vitrines expunham amostras do estoque. As peças maiores ficavam depositadas na entrada e no final da loja, abaixo do mezanino.

A mesa do proprietário tinha o dobro do tamanho da do contador. O patrão sentava-se em uma confortável cadeira giratória, com madeira forrada de couro marroquim marrom-escuro.

À sua frente havia duas cadeiras para receber visitas, em geral caixeiros-viajantes.

Apenas duas mulheres trabalhavam na casa de ferragens, ambas solteiras e com idade para não despertar interesse aos colegas.

A secretária, quase tão idosa quanto o patrão, ficava do seu lado direito, ocupando uma escrivaninha do mesmo tamanho da do contador. Dependurados na parede às suas costas ficavam os diplomas da Academia Remington de Datilografia e da escola de caligrafia.

Não eram habilidades exclusivas, o chefe e o contador também as possuíam, apenas não consideravam necessário exibi-las, para um, o cargo bastava para demonstrar que ele as tinha, para o outro, o anel de turmalina cor-de-rosa dizia tudo, a minúscula pedra resumia alentado currículo.

Por fim, numa mesinha acanhada, de costas para o salão onde ficavam os balconistas, acomodava-se o contínuo homem fora da idade habitual ao exercício dessa função, mas quando solicitado saía-se bem.

Mesmo não havendo o que fazer, os olhos do contador e da secretária não se desviavam dos papéis da firma. Viravam e reviravam documentos, procurando algo que tivesse passado despercebido nas leituras anteriores.

O contínuo não tinha papéis sobre a mesa. Sentava-se de maneira estranha, com as costas eretas e os olhos abertos, fixos na secretária à sua frente, sem vê-la, parecia não piscar, era como se estivesse morto, jamais cochilou.

O único que poderia ler alguma coisa diferente das do trabalho era o chefe, mas lhe faltava visão para ir além do manuseio dos jornais.

Ele fingia olhar com atenção o que se passava abaixo do seu estado-maior. Talvez a cegueira explicasse, porque os do mezanino trabalhavam quase no escuro. O escritório era bem menos iluminado que o salão abaixo dele, até o depósito era mais claro.

O imutável desenrolar das atividades fora estabelecido quando o chefe era um jovem apaixonado por inovações.

Aparentemente, descobrira um método perfeito de trabalhar, uma vez que pouco mudara nos últimos cinquenta anos.

O mezanino era protegido no lado que dava para a loja por uma balaustrada de madeira com ripas de um metro e meio de altura, espaçadas uma da outra por vinte centímetros.

De costas para ela ficava a mesinha do contínuo. A insignificância do móvel não refletia a importância da tarefa ali exercida.

Presa à menor das escrivaninhas, uma corda fina, ou um cordão grosso, descia sobre o parapeito da balaustrada até o *bureau* da caixa, a outra mulher.

O contínuo recebia de costas as determinações para que iniciasse o seu trabalho. Normalmente as ordens são dadas e recebidas de frente, no caso, elas vinham de trás. Sem se virar, ele as executava.

A extremidade inferior da corda se desdobrava em quatro pontas que prendiam uma caixinha de madeira retangular, nela, eram postas as notas das vendas realizadas nos balcões e as das entradas e saídas do depósito.

Quem as colocava ali dava um leve puxão para acionar o contínuo, que se punha imediatamente em atividade. Consciente da importância de sua tarefa, não desprendia os olhos do barbante que ia se acumulando sobre sua mesa.

Em momento algum nos seus trinta e cinco anos de firma os documentos não subiram ao primeiro toque e jamais despencaram no meio do percurso. Gabava-se de seu desempenho. Guardava certa mágoa por nunca ter sido elogiado pela chefia.

Recebida a documentação, levantava-se e a passava à secretária, que a separava em duas pilhas: uma com os papéis da loja e outra com os do depósito.

Levava a pilha unificada ao seu destino: a mesa do patrão, lá, virava novamente duas, que eram postas em caixas diferentes, uma em cada canto da parte superior da escrivaninha.

Em uma dessas ocasiões, ela sugeriu colocar as caixas juntas do lado direito, a ideia foi repelida com vigor:

— Desse modo funciona a contento há cinquenta anos, não há por que mudar.

Foi a única sugestão que deu até se aposentar. Recuperou seu conceito de funcionária exemplar e jamais voltou a tentar quebrar a rotina.

Os papéis eram atentamente manuseados, lidos, rubricados com uma elegante Parker 51 e colocados no seu lado direito, formando aos poucos uma nova pilha. Concluído o trabalho o patrão tocava uma campainha metálica, ao ouvi-la, o contínuo recolhia os papéis e os deixava com a secretária.

Sem nada acrescentar, os levava ao contador que lia, conferia, carimbava e rubricava com uma caneta Sheaffer, elegante, mas com preço mais em conta que a do chefe. Mesmo que pudesse comprar uma caneta igual à do patrão, não o faria: não ficaria bem. Como poucos, ele conhecia seu lugar, lamentava que nem todos agissem desse modo.

Anotava as informações contidas nas notas: receitas, despesas, saídas e entradas em um enorme livro de capa preta, que ao final do expediente era trancado em um cofre junto com recibos, cheques e dinheiro. Só ele e o patrão conheciam o segredo que permitia abrir e fechar a caixa forte prova insofismável de confiança.

Antes de sua chegada o livro ficava em uma gaveta. Alertou ao seu superior que, em caso de incêndio, os documentos contábeis deveriam ser preservados. A ideia foi aprovada com elogios. Foi a sua primeira e última sugestão para aprimorar o método de trabalho, foi, também, a única alteração na rotina depois que foram estabelecidos os procedimentos a serem seguidos.

Quando julgava necessário, o criativo contador repetia o feito às visitas. Consideravam-no um modernizador. No mundo corporativo cada um deve propagar seus méritos com frequência e intensidade para neutralizar as maledicências dos outros e evitar que sejam esquecidos.

As notas do depósito eram devolvidas à secretária para atualizar o estoque. Lia o que recebia e passava tudo para fichas de cartolina. Havia uma para cada artigo, ela preenchia centenas e as colocava em arquivos dispostos ao longo da parede.

Anotava tudo com letra caprichosa utilizando uma caneta de madeira com pena número doze, que era abastecida em um tinteiro de vidro com tinta azul-escuro. Seu sonho era ter uma caneta tinteiro, mas o salário não permitia esse luxo.

Todos chegavam pontualmente às dez para às oito horas, saiam às doze e dez retornando às dez para às quatorze, e iam embora pouco depois das dezoito.

O dono abria e fechava a casa. O contador tinha uma chave reserva, indicando, ainda que sem ter sido explicitado, que ele era o segundo na cadeia de comando.

Se algum dia o titular faltasse ou chegasse atrasado, hipótese absurda, ele exerceria a chefia. Abriria e tiraria os enormes cadeados das portas metálicas, que subiam acionadas por uma manivela guardada em uma caixa de aço que dava para a rua.

Liberada a ferramenta de seu esconderijo, o contínuo abriria as portas.

O ritual seria cumprido do mesmo modo do proprietário, afinal, se passavam quase vinte anos que ele aguardava esse momento. Observava cada gesto para não falhar no importante dia em que comandaria a abertura da casa.

Mentalmente, repassava as tarefas que executaria no lugar do patrão. No grande momento nenhum passo poderia ser esquecido.

Não só os colegas, nesse instante os seus subordinados, mas também os empregados das lojas vizinhas tomariam conhecimento da chefia substituta.

A secretária era a última a subir, o cuidado era necessário para preservá-la de olhares indiscretos, mesmo assim, ela colocava a mão sobre a saia, como fazem as mulheres para se proteger de ventanias que podem expor o que não deve ser visto.

Ao meio-dia o comércio da cidade fechava, a maioria dos empregados ia para casa. Os que moravam perto do emprego podiam colocar um pijama e fazer a sesta.

Em casa, o diretor-adjunto não comentava os assuntos do trabalho. Não queria repetir a mesma coisa diariamente. Preferia que cada um imaginasse como se desenrolava sua atarefada rotina.

Era um homem formal e austero. Mesmo aos domingos, quando se sentava na poltrona para ler o jornal, usava camisa social e gravata. Não se sentia à vontade com outra vestimenta.

Em casa, quando dizia algo era para dar alguma ordem à mulher, repreender a irmã e o sobrinho. Raramente se dirigia à filha e, mais raramente, à sua mãe. Os gestos de carinho eram escassos, como dava poucos, recebia poucos, às vezes sentia falta deles, mas achava que, como no trabalho, se procedesse de outra maneira suscitaria intimidade além da necessária, colocaria em risco sua autoridade e a própria estabilidade doméstica.

Nos domingos, iam à missa das oito na igreja da Conceição, caminhavam devagar: a anciã dava ritmo à jornada.

Ao meio-dia era servido o almoço, o melhor da semana. O chefe da família apreciava o Merlot da Granja União, os demais tomavam guaraná champanhe. Comiam a massa feita em casa e o frango ao molho pardo acompanhado de polenta.

A ave era comprada na antevéspera pelas donas de casa. Às sextas-feiras o vendedor passava com as galinhas dependuradas, presas pelas pernas nas laterais de sua carroça.

Quase moribundas, extenuadas, famintas, sedentas, tentavam desesperadamente respirar. Esforçavam-se para levantar a cabeça, tentando esticar o pescoço pelado, com o bico aberto procuravam ar, ambicionavam chegar vivas ao seu atroz destino.

O martírio era ampliado pelo apalpar, esticar, virar de um lado para outro das senhoras em busca da melhor matéria-prima para o encontro familiar dos domingos.

No dia seguinte eram mortas. O sangue que escorria pelo pescoço cortado era recolhido em uma vasilha, não perdiam uma gota sequer.

Na família do Pedro o cruel ato era executado pela avó, mesmo incapacitada para outras tarefas, dessa não abria mão. O feito não precisava ser confessado aos domingos: maltratar galinhas não era pecado.

Limpar o prato com um pedaço de pão e apreciá-lo com uma taça de vinho talvez fosse o único prazer do homem da família.

No encerramento eram servidas as compotas feitas na própria casa e armazenadas em vidros bem vedados por todo o ano.

Depois das refeições, pontualmente ao meio-dia e meia, as mulheres tiravam a mesa, lavavam, guardavam as louças e dormiam um pouco.

Nesses dias não eram apresentadas as novelas radiofônicas. Pela manhã, as rádios transmitiam a missa ou programas de auditório, à tarde futebol e à noite música.

Para o chefe da família os domingos eram os piores dias da semana. Nem o vinho, a maravilhosa comida, a deliciosa sobremesa, a sesta com pijama, lhe tornavam agradável o prolongado convívio com os seus, uma desconfortável noção de inutilidade assoberbava seus pensamentos.

Nasceu para trabalhar, produzir para quem lhe pagava e não para o ócio. Já começava a pensar no martírio que seria a aposentadoria, ainda que lhe faltasse mais de vinte anos para esse dia.

Vivia unicamente para seus afazeres, era leal à firma e acreditava que ela jamais o abandonaria na velhice. Orgulhava-se de seu modo de ser e do seu ofício. O fato de o dono ser muito velho e não ter filhos lhe trazia alguma apreensão.

Jamais era assombrado por dúvidas ou inquietações existenciais, considerava-se um homem realizado.

Seis meses após o episódio da privada, a família deixou a casa estigmatizada. O ocorrido não saía da cabeça de ninguém. A ida para outro lugar ajudaria a esquecê-lo.

Mudou-se para um prédio recém-construído, com nove andares e uma moderna portaria, algo até então desconhecido. Ficava na mesma rua em que moravam.

Não se soube se o imóvel era comprado ou alugado. Ocorreram especulações, mas o segredo não foi desvendado.

Pouco se sabia daquela família, era como ela estivesse escondendo um passado mais vergonhoso que o seu presente, o sotaque indicava que vinham da fronteira com a Argentina.

Comentava-se que comprado só se tivesse morrido algum parente com posses ou se o chefe da família tivesse dado um desfalque. Como as maledicências povoavam o imaginário dos vizinhos, a segunda hipótese foi aceita como a mais provável, sendo debatida à boca pequena durante algum tempo.

Alugada só se ele tivesse tido algum aumento, o que era mais improvável que a herança. Sempre foi conhecida a pouca generosidade dos patrões, o dele não era diferente.

A transferência foi precedida de longa querela com o dono da casa danificada. Ele culpava os inquilinos pelo causado ao banheiro, esses, por sua vez, atribuíam o problema ao senhorio, por não combater os cupins e construir um piso de baixa qualidade.

O proprietário replicava, indignado, isentando-se da acusação de negligência, dizia que a casa fora bem construída. Lembrava que outras, as gêmeas, estavam firmes por terem sido bem cuidadas pelos moradores. Não mencionou a compra das vigas de madeira dessa casa em uma demolição sem ter o cuidado de examinar o seu estado.

Após longo debate, foi atribuída a culpa aos cupins, que trabalhando de modo imperceptível e silencioso, destruíram a estabilidade do chão do banheiro. Sentindo-se isentos de responsabilidade, senhorio e inquilino concordaram em dividir em partes iguais as despesas com o conserto.

No calor da discussão chegaram a pensar em levar o caso à justiça, desistiram quando lembraram que a corte levaria décadas para dar uma sentença, quando a questão fosse julgada eles estariam mortos e a casa demolida. Recorrer aos tribunais no Brasil nunca foi uma boa ideia. Era melhor buscarem algum acordo.

O prédio onde morariam tinha elevador moderno, sem as velhas portas pantográficas. Das janelas dos apartamentos dava para ver o Rio Guaíba, a doca das frutas, os trens da Viação Férrea, as ilhas fronteiriças e, esticando-se um pouco, o centro da cidade.

Antes de se mudarem, chamaram o pároco para benzer todos os cantos do apartamento, queriam morar sem a companhia de espíritos malignos, como os que certamente habitavam a casa geminada.

Aproveitaram a mudança para promover uma série de melhoramentos.

Compraram utensílios pouco conhecidos na cidade, coisas que só os ricos tinham. Ganharam conforto e aumentaram as desconfianças sobre o súbito enriquecimento. A suposição do desfalque passou a ser difundida com mais vigor que as outras possibilidades.

O fogão a lenha foi substituído por um a gás encanado, à prestação compraram uma panela de pressão americana, a geladeira de madeira, com gelo em barras, deu lugar a uma Frigidaire, adquiriram modernos colchões de mola, os anteriores eram de crina de cavalo.

Da antiga moradia levaram pouca coisa, receavam transportar más recordações, traças e cupins. Não queriam ver os tacos de madeira do piso e os novos móveis consumidos pelos vorazes animaizinhos.

Qualquer coisa que lembrasse a velha matriarca dependurada, sacudindo as pernas como uma barata agonizante, sentada em equilíbrio instável em aparelho que não deveria sequer ser mencionado tinha que ser deixado para trás.

À medida que o tempo passava, a memória se atinha mais ao grotesco do que ao que havia de piedoso no lamentável acontecimento.

Não compraram televisão porque ela só chegaria à cidade cinco anos depois da mudança. Algumas pessoas abastadas já possuíam o aparelho, aguardando a novidade chegar a Porto Alegre. Em lugar de destaque na sala de estar ele ficava coberto por um invólucro feito com tecido vistoso, veludo era o preferido, sendo descoberto pouco antes da chegada das visitas e coberto imediatamente após sua saída.

Em compensação, compraram um moderníssimo rádio com quatro faixas de ondas e cinco válvulas, montado em móvel próprio de madeira envernizada e com alto-falante abaixo do aparelho, que foi colocado na sala, bem à frente da entrada para que as visitas o vissem, admirassem e fizessem perguntas sobre seu alcance.

À noite, entre zumbidos e chiados, passeavam pelo mundo, em algum momento gritavam, estupefatos: "Ouçam, é a BBC de Londres!" Um calafrio percorria a espinha de todos. O mundo tornava-se pequeno para aquela gente que galgara um degrau a mais na escala social.

O velho rádio Zenith, com quatro válvulas, foi colocado no quarto da idosa senhora, sintonizado na rádio Difusora para ela não se atrapalhar.

Alguns vizinhos mais chegados foram visitados e receberam, junto com o novo endereço, um convite para conhecer o apartamento, mais do que moradia era um repositório de conforto e modernidade.

Chegando, percorriam o imóvel, recebendo informações sobre as novidades. Causou enorme impressão a água quente jorrando das torneiras e do chuveiro do banheiro social.

Terminada a parte interna do *tour*, os visitantes saíam pela porta de serviço, outra novidade, e retornavam pela entrada principal. No trânsito de uma porta para outra tinham a oportunidade de ver o tubo que conduzia o lixo para os latões no depósito do térreo.

O final era reservado para a apresentação da geladeira, que ficava na sala de jantar, os convidados recebiam informações sobre o seu uso e suas potencialidades.

Voltando às suas mal equipadas casas, as vizinhas discutiam a utilidade daquelas coisas: os riscos da nova panela que permitia cozinhar o feijão em meia hora, mas também podia explodir; o exagero de ter uma geladeira tão cara numa cidade em que faltava energia elétrica diariamente; o pouco sabor que teria a comida feita com gás e não com lenha.

Acostumadas às dificuldades e com inveja, as vizinhas desprezaram aquelas maravilhas que só conheciam do cinema.

Foram unânimes em relação aos benefícios da água quente. As "novas ricas", assim passaram a ser chamadas as mulheres da família que se mudara, não teriam seus dedos enrijecidos, doloridos e enrugados quando lavassem no inverno as roupas e louças, nem precisariam ferver água para os banhos.

Os armários embutidos também receberam elogios. A mãe do Carlos chegou a comentar: "Foram necessários cinco mil anos para inventarem coisa tão prática."

As controvérsias com respeito ao fogão a gás continuaram por muito tempo. Por mais que discutissem não chegavam a um consenso, concordavam tão somente que era impossível obter uma comida saborosa como do a lenha.

O lixo indo embora, desaparecendo pelo tubo, foi considerado um avanço. Não havia necessidade de colocá-lo em latas pesadas, arrastá-las até a calçada e, depois de esvaziadas, recolhê-las e lavá-las. Inquestionavelmente, era um passo em direção ao futuro.

O mobiliário com os pés finos foi considerado modismo desnecessário, diziam de modo enfático, misturando inveja e rancor: "Esnobismo de novo rico!".

A saída da casa geminada para o edifício os promoveu na escala social. Morar em alguns dos poucos edifícios residenciais da cidade conferia status às pessoas. Mesmo a pecadora sentiu-se melhor, seu filho chegou a provocar inveja aos seus companheiros por morar de maneira tão moderna.

Passado algum tempo os moradores se reuniram no saguão da entrada para eleger o síndico. Após três horas, com todos os inquilinos expondo ideias para o bom uso do prédio e o conforto dos moradores, foi eleito o tio do Pedro para ser, por dois anos, a autoridade maior do edifício.

Sua plataforma foi baseada na necessidade de ter sempre em dia os livros contábeis e no rigoroso controle das despesas.

O síndico receberia as demandas, realizaria assembleias e daria ordens ao seu pequeno exército: o porteiro principal, o da noite e a faxineira.

Tentou ser discreto, mas não se controlou, a vaidade subiu à cabeça e acabou contando aos seus colegas de trabalho a alta função recebida:

— Terei um mandato de dois anos renovável.

A conquista da elevada posição foi elogiada por todos, menos pelo chefe:

— Cuidado para não prejudicar suas obrigações na firma! Senão teremos que conversar.

Atordoado, percebeu que a calma só retornaria se ele abandonasse a honrosa incumbência recebida de seus pares.

Lívido, humilhando-se perante os outros empregados, suplicou ao patrão:

— Perdoe-me não haver lhe consultado. Pedirei demissão hoje mesmo.

— Não há o que perdoar. Você foi eleito pelos mesmos méritos que o tornaram empregado de minha máxima confiança. Fiz apenas uma advertência. Continue honrando o mandato que lhe deram.

Nada mais disse. O advertido não recuperou a calma. Ao encerrar o expediente, deu para sentir alguma zombaria em seus colegas, ficou claro que ele era um mero empregado como eles.

Precisou de algum tempo para se recobrar do golpe e voltar a se orgulhar da sua posição na firma. Para isso utilizou o modesto arsenal de maldades ao seu alcance.

Passou a ir sem fazer ruído ao depósito pegar os funcionários descansando e repreendê-los, suspendeu por dois dias um balconista negligente e passou a advertir os outros pelas mínimas faltas. Voltou a ser respeitado pelos demais empregados e elogiado pelo patrão.

O respeito que vem do medo é mais consistente do que aquele que vem do respeito à hierarquia. Sem dificuldade, o chefe adjunto compreendeu o maquiavélico ensinamento.

Pedro orgulhava-se da nova moradia. Como sempre, expressava seu contentamento de maneira imprópria a um menino.

A mudança foi benéfica à família. Passaram a conviver em harmonia, admitindo ser o malnascido fruto da vontade de Deus, assim como seus trejeitos e a perda de memória da matriarca. A moradia transmudou-se em lar.

Os meninos entre sete e doze anos estudavam em um dos dois grupos escolares das proximidades ou no colégio Marista.

Os dos grupos usavam um avental branco que ia um pouco abaixo dos joelhos. As aulas eram dadas por professoras que se dirigiam aos seus alunos pelo primeiro nome e os tratavam com carinho.

No Rosário, os estudantes do curso primário usavam uma farda estilo militar com calças compridas, cáqui para o cotidiano e azul para dias festivos.

Os professores chamavam os estudantes pelo sobrenome antecedido de senhor. Não havia demonstrações de afeto, predominava a rudeza no tratar das crianças.

O ensino primário era bom nos dois colégios, a diferença é que no grupo escolar as crianças levavam uma vida inocente, sem o conhecimento da enormidade de pecados que praticavam e que praticariam mais adiante.

A falta desse ensinamento os conduzia ao inferno, mesmo não sabendo disso.

O conhecimento dos pecados é essencial para que a alma seja salva, não há outro modo de evitá-los a não ser sabendo de sua existência.

Do mesmo modo que os criminosos não podem alegar em sua defesa a ignorância das leis, quem aspira salvar sua alma não pode desconhecer as transgressões contra a Igreja.

No colégio católico os alunos eram alertados para a vida de faltas e devassidão em que viviam. Ao mesmo tempo, era indicado o árduo caminho da salvação.

Os guris da vizinhança demoraram algum tempo para saber que moravam a apenas duas quadras da zona boêmia. A descoberta foi inebriante. Salvo Pedro, todos passaram a transitar por sua meia dúzia de quadras repletas de pecado.

Ele foi à primeira visita por insistência de seus vizinhos. Não queria parecer diferente. Não gostou do que viu e nunca mais retornou àquele lugar.

Para os colegas era incompreensível o desinteresse em caminhar por ali. Impossível não comentar como Pedro era diferente, como se houvesse duas coisas iguais na terra ou no universo.

Além do surpreendente achado, o máximo de erotismo ao seu alcance era a propaganda de um produto feminino recém-lançado no mercado e anunciado na *Seleções*.

O reclame dizia, da maneira mais discreta possível, que ele servia para substituir os obsoletos paninhos usados pelas mulheres naqueles dias. Maiores informações deveriam ser pedidas à Anita Galvão, havia um espaço para preencher e enviar pelo correio.

Usando um nome feminino, os descontrolados adolescentes fizeram o pedido. Depois de quinze dias o precioso folheto explicativo chegou. Nada era explicitado em desenhos como gostariam que fosse, as instruções precisavam ser decifradas. Foram necessários alguns debates para que tudo ficasse claro. Mais uma vez, Pedro não se interessou.

A leitura inspiradora provocou comentários, arrepios, sonhos eróticos e pensamentos impuros, estimulando práticas solitárias que, pela quantidade, escandalizavam o confessor do colégio.

As penitências, as ameaças à saúde, o risco de ficar apatetado, com as mãos peludas e calosas, não as desestimulavam.

O sacerdote não conseguia modificar a natureza pecaminosa de meninos sem discernimento para melhor usar o livre arbítrio, afastar-se do caminho da perdição e optar pela temperança.

Tinham pleno conhecimento da enormidade do pecado praticado, mas faltava força de vontade para fugir dele.

Os meninos da Cristóvão Colombo cresciam, se tornavam curiosos, ampliavam seu mundo, ultrapassavam os limites impostos pelos pais. Os hormônios clamavam pelo rompimento das regras toleradas na infância.

Terminado o curso primário no grupo escolar, todos fizeram o exame de admissão ao ginásio, a maioria foi para colégios nas proximidades, o único matriculado em um colégio distante foi o Pedro.

Não estranharam nem comentaram a escolha de sua família. Não passava pela cabeça de seus amigos a necessidade de escondê-lo para poupá-la de perguntas difíceis de serem respondidas. Queriam evitar comentários, além dos feitos pelos que já tinham conhecimento do problema. Isso mesmo, Pedro era um problema.

Tirá-lo das proximidades para preservar a família era uma boa opção. O removido não questionou a decisão, até gostou: andar de bonde era sempre prazeroso.

Foi o primeiro garoto da redondeza a fazer a perigosa aventura sem a companhia da mãe ou de alguém mais experiente.

Ao sair de casa ele recebia toda a sorte de recomendações: não ande no estribo, evite a proximidade daqueles senhores que se esfregam e dizem indecências nos ouvidos, não suba nem desça com o bonde em movimento.

Os meninos da rua e do colégio já tinham feito a primeira comunhão. A absolvição estava ao seu alcance, mas não do Pedro, ainda sem receber o sacramento que estreitaria seus laços com o Salvador e possibilitaria o perdão às suas faltas.

Essa omissão era devida à dramática decisão tomada por toda família quando ele se intrometeu em seu seio sem ser esperado: não batizá-lo. Assim se livrariam de perguntas incômodas no momento de preencher a certidão de batismo. Até a avó participou dos debates e da deliberação, naquele tempo sua cabeça ainda estava boa.

Decisões desse porte tinham que ser coletivas, jamais individuais, a responsabilidade era enorme.

Os anos passaram e, novamente, o núcleo familiar estava diante de um impasse: fazer ou não a primeira comunhão.

Apenas nesses dois casos o patriarca familiar se acovardou e buscou a cumplicidade da família.

Pedro crescia em pecado, carregava a culpa original que mesmo não praticada por ele estava incorporada à sua alma. Chegara aos onze anos e continuava pagão.

Por incrível que possa parecer, a ausência da comunhão não o incomodava. Sequer notava a ansiedade da família com suas lacunas sacramentais.

Afinal, o que é a vida, senão um contínuo administrar de conflitos pessoais, familiares, do trabalho, da consciência, do inesperado, como o imposto àquela família privada de uma vida normal?

Em menor escala, já haviam passado por algo parecido, quando houve necessidade de tirar a certidão de nascimento, o documento necessário para inscrever-se no exame de admissão ao ginásio.

Pedro tinha onze anos e não existia. Nem perante a Igreja nem perante a sociedade. Para tirar qualquer documento civil ou religioso a vergonha seria exposta ao padre, ao serventuário ou ao tabelião do cartório de registro civil.

Escolheram um notário distante de onde moravam. As testemunhas foram a avó e a tia, a providência reduziu a vergonha, quando o titular do cartório leu o documento em voz alta, aumentando o tom quando disse: "filho natural de... e pai ignorado". Selou, carimbou e assinou o papel com visível má vontade.

Na documentação para a primeira comunhão, a informação "pai ignorado" colocaria a família em risco. Poderiam ser expulsos da freguesia, proibidos de comungar, de um modo ou de outro eram cúmplices, no mínimo testemunhas do ato impuro praticado pela jovem. O anátema do bispo se abateria sobre todos.

O tio decidiu que, daí para frente, sempre que fosse necessário, repetiria a história do pai morto lutando contra os alemães em 1944. O herói desconhecido não tinha documentos: sumiram na Itália, o Exército perdeu seus apontamentos em um incêndio e ninguém conhecia seu lugar de nascimento, sabiam apenas que se chamava Pantaleão Cardano.

Era pouco provável que o mundo desabasse sobre suas cabeças. O atávico pessimismo familiar, o terror em burlar regras milenares, a visão dantesca do fogo eterno consumindo o menino que chegara àquela idade em pecado, colocou a família em alerta, enxergando fantasmas por todos os cantos.

Sabiam ser cúmplices do ocorrido: a gravidez. Culpavam-se por nao falar mais sobre os perigos do sexo — a palavra os horrorizava. Se alertada, a menina não teria dado o mau passo e viveriam em harmonia com os vizinhos e entre eles.

O colégio insistia que a primeira comunhão não poderia mais ser adiada. Os padres chegaram a pensar que ele era ateu, judeu ou protestante.

Não restou outro caminho, passou a se preparar com os meninos do curso primário, menores que ele, para o grande dia.

A família passava por momento difícil: quebrar a sequência dos sacramentos, comungar sem batismo, portando o pecado original, não havia dúvida, conspurcava todos.

As incertezas se multiplicavam. Evitavam falar a respeito delas, cada um ficava com as suas, para que tivessem um mínimo de paz no seu limitado convívio durante as refeições.

As reuniões em torno da mesa tinham uma única finalidade: alimentá-los. O silêncio eliminava a possibilidade de torná-las um encontro social com todos falando ao mesmo tempo, como costumam fazer as famílias de origem italiana.

Comiam menos e perdiam peso acarretando novas preocupações, poderiam estar doentes.

Apenas Pedro e sua avó continuavam se alimentando bem. O passar dos anos não reduziu o apetite da senhora. Nem mesmo a dentadura mal ajustada à gengiva murcha lhe tirava a vontade de comer.

Ao se sentar à mesa a retirava, colocando-a em um bolso do vestido ou ao lado do prato. Comia ruidosamente, reduzindo mais ainda o apetite dos seus companheiros de mesa.

A surdez não a deixava perceber o mutismo do ambiente. Não ouvia sequer os ruídos cada vez mais altos provocados por sua constipação.

As refeições não eram completamente silenciosas devido à sua presença. Quando ela morresse, seria possível escutar os mais discretos sons: o piar dos pardais, os pregões dos vendedores ambulantes e o aviso musical vindo da gaitinha de boca do afiador de facas e tesouras.

Embora não saísse da cabeça de nenhum deles, não mais falavam sobre a decisão de não livrar Pedro do pecado original.

O objeto de preocupação, o pagão, continuava sem se incomodar com a perigosa situação na qual se encontrava e para a qual arrastara sua família.

Numa ocasião, interromperam o silêncio familiar e abordaram uma importante questão: o pecado, cuja única culpa era ter nascido, deveria ser confessado?

A família não dirimiu a dúvida. Urgia esclarecê-la.

Amaldiçoavam cada vez mais o dia em que, ao cair da tarde, a menina não soube controlar seus impulsos.

O tio chegou a pensar se o melhor não teria sido expulsá-la de casa quando recebeu a notícia que a todos maculava, ela seguiria seu rumo natural: a zona boêmia.

A decisão unânime foi não falar a ninguém que o menino era pagão como os romanos antes de aderirem, oficializarem e organizarem a única e verdadeira fé.

Por piedade, a matriarca foi excluída das conversas. Desde o inusitado incidente ela evitava ir ao vaso sanitário. A prisão de ventre se agravara, obrigando a manter as janelas abertas para ventilar o ambiente, no inverno viviam gripados.

Entre tosses, corizas e espirros, repartiram a responsabilidade da decisão, e deram as ordens de modo claro e incisivo a quem em breve seria o primeiro cristão a receber um sacramento sem ter o pré-requisito: na confissão, não deveria falar da ausência do batismo.

Fingiram acreditar que, comungando, o seu segredo morreria com aquela geração da família. A nódoa não se propagaria como as doenças hereditárias, que se transmitem por gerações.

O líder familiar conversou com alguns padres em torno da hipotética e reprovável situação de alguém fazer a primeira comunhão sem batismo. Aproveitava a ocasião, já que se tratava de uma hipótese, para perguntar se o pecado original deveria ser confessado.

As respostas eram sempre as mesmas: "É impossível, um sacramento antecede o outro", acrescentando que o perdão a esse pecado estava fora do alcance do confessor, só o batismo o eliminava.

Um dos consultados alertou que, se aquele pecado não fosse confessado, seria repetido a cada comunhão, aumentando a extensão da falta.

O tio ouviu o que não queria ouvir, suou e ficou vermelho. O padre, percebendo o ataque de pânico, comentou:

— Compreendo seu mal-estar, mesmo se tratando de uma situação hipotética, ela mete medo. Imagine esse infeliz descumprindo as leis da Igreja por dezenas de anos. Se viver muito poderão ser milhares de afrontas ao Senhor.

O tio ouviu, sentou-se, afrouxou a gravata, respirou fundo, despediu-se e voltou cambaleante para a casa duplamente contaminada: pela situação digestiva da velha e pela presença cada vez mais indesejável do sobrinho. Estava convencido de que nada mais poderia salvá-los.

Caso algum conhecido viesse a saber que conspiravam contra a Igreja, bastaria um e todos saberiam. Teriam que deixar a casa pela madrugada, carregando o que fosse possível e partir para lugar o mais distante possível.

Pensariam numa desculpa para justificar a ausência da certidão de batismo. Lembrou que qualquer católico pode batizar outro que se encontre às portas da morte. Contaria que ele mesmo havia batizado o sobrinho quando achou que ele estava morrendo consumido pela catapora.

Não contou a ninguém o que ouvira na piedosa consulta e aceitou ser padrinho do sobrinho quando ele fosse crismado antes da comunhão, confirmando perante o arcebispo o batismo inexistente.

Poucos erros no decorrer da história da humanidade tiveram tantos desdobramentos. Premissas falsas permitem construir universos de verdades, no caso, o primeiro erro levou a outros e mais outros, dando a impressão de que aquilo não acabaria nunca.

Chegou a meditar sobre quão racionais tinham sido os tempos da Santa Inquisição. Pecados gravíssimos eram extintos rapidamente. As fogueiras libertavam a alma para o seu destino. O corpo do pecador era eliminado, e suas cinzas, misturas às da lenha e da palha, eram levadas pelo vento e pelas chuvas para longe de todos.

A partir da conversa com o sacerdote passou a ter certeza de sua condenação. Pensou até em parar de rezar à noite e dormir um pouco mais, frequentar o templo positivista na rua João Pessoa, tornar-se ateu ou implorar ao seu santo padroeiro um milagre que o tirasse daquela situação.

Ao saber que os muçulmanos nascem sem esse primeiro pecado, admitiu para si conversar com um deles, percorreu seus pensamentos e não descobriu nenhum nas proximidades.

A ideia o deixou inquieto, se mudasse de religião seria um apóstata. Tornar-se-ia um pária. Abandonado por amigos, rejeitado pela sociedade e com dificuldade para arrumar trabalho, seria citado em sermões e éditos. Só retomou a calma quando afastou em definitivo a pérfida ideia.

O mais difícil era manter no trabalho a postura dele esperada. Patrão, colegas e subordinados não poderiam saber o que se passava.

Suas noites maldormidas e a desordem emocional tinham que ser bem disfarçadas, caso fosse percebida alguma alteração no seu exemplar modo de ser, poderia perder o emprego.

Na hora do almoço o padre contou a seus colegas a hipotética consulta. Todos compreenderam.

Terminada a sobremesa, rezaram pela alma do hipotético pecador, inexoravelmente condenada ao fogo eterno.

Eram pessoas abençoadas com a graça da fé, acreditavam em tudo que a doutrina mandava crer.

Não eram importunados por dúvidas, incertezas, pensamentos críticos, inquietantes e pecaminosos como os que assoberbam as mentes questionadoras dos agnósticos, privados da confortável ideia da vida eterna e da existência de um Ser superior para acalmar suas angústias nos momentos difíceis.

Os religiosos, com suas preces ao imaginário pecador, aliviaram suas consciências abaladas pelas dúvidas do estranho católico.

Partiram para seus afazeres e esqueceram o assunto. Afinal, a vocação para o pecado parece ser inerente aos homens, se assim não fosse eles teriam que procurar outro ofício diferente do de ensinar o caminho da salvação e perdoar pecados.

A questão foi varrida para baixo do tapete do claustro e da casa ofendida, não mais tocaram nela.

Foi por essa época que a família se mudou para o moderno apartamento. Por ironia, um dos lados do edifício dava para o tal terreno baldio onde Pedro fora gerado, mas só a jovem mãe sabia disso. Ninguém lhe perguntou onde havia cometido o ato tresloucado.

A velha senhora passou a ter um quarto só seu. Ficava a maior parte do tempo sentada na cadeira de balanço, rezando e ouvindo a missa pelo rádio.

Não mais adquiriu confiança na firmeza dos vasos sanitários, ia acompanhada ao banheiro e ficava com a porta apenas encostada.

Perdia a memória, assimilava muito pouco do que diziam, é verdade que diziam muito pouco. Cada vez falavam menos com ela. O passado se apagava de sua mente, levando as lembranças.

O que para os familiares e vizinhos era caduquice, esclerose, demência, para ela era o encontro com felicidade, o que preocupava e aborrecia aos outros não mais lhe afligia.

Para facilitar suas vidas, disseram que o culto pelo rádio tinha o mesmo valor que o da igreja. Aceitou bem a informação. A reduzida memória a impedia de pecar. Na sua idade os pecados só poderiam ser praticados por pensamentos e eles não mais existiam.

A falta da filha se apagou de suas recordações. Nessa fase da existência, só as lembranças muito remotas chegavam ao seu consciente. A natureza se esforçava para poupá-la de reminiscências incômodas.

A família readquiriu o equilíbrio perdido há mais de dez anos, agravado ao longo do caminho com os conhecidos acidentes colaterais.

A confirmação do batismo e a primeira comunhão aconteceram sem problemas. Não pediram a certidão de batismo, tão óbvia era sua existência.

A Eucaristia introduziu o menino em uma fase de profunda religiosidade, com um fervor não comum aos modernos cristãos do rito católico, embora frequente entre os ortodoxos.

Comportava-se de modo estranho. Trazia do colégio livros sobre a vida dos santos, passava e repassava os evangelhos, sabia de cor o catecismo, com segurança identificava os pecados.

Na escola era considerado aluno exemplar, tanto nos estudos quanto em matérias de fé.

Cogitou ir para um seminário. Os padres o estimularam. Os que notaram seus eventuais gestos espalhafatosos, sua fala diferente da dos demais meninos, seus gritos de surpresa ou de susto por qualquer razão, não se preocuparam: "Coisas da idade."

O tio o desestimulou a seguir a carreira eclesiástica. Deu aos seus mestres outra razão que não a verdadeira, disse que sendo filho único ele seria arrimo de família, sua mãe precisaria dele na velhice. Aceitaram bem a justificativa. O tio queria evitar que a Igreja tivesse um padre sem batismo, filho ilegítimo, pecador continuado e afeminado.

A ideia de ir para um seminário era boa, atenderia o desejo da família de tê-lo longe sem maiores despesas. Concluído o curso, poderiam estimulá-lo ser missionário em terra distante. Morrendo propagando a fé para povos bárbaros seria canonizado.

A tenuidade da fronteira que separa os heróis dos covardes é a mesma que separa os santos dos pecadores: uns e outros resultam de fatos inesperados.

Pedro passou a comungar todos os dias, rezar terços e mais terços, fazer penitências. Tornou-se fervoroso, um "Pequeno Cruzado" como nunca haviam visto no colégio.

Buscava no sofrimento o perdão. Punia-se abrindo mão de guloseimas e dos cinemas domingueiros.

Uma coisa o incomodava, aos domingos, quando os tios, a mãe e a prima saíam para a missa, ele tinha que ficar em casa cuidando da avó. Ia à missa vespertina, cumpria o dever dominical sem a espiritualidade que sentia missa matinal.

Andava sempre vestido com aprumo, usava um terno costurado pela mãe, que utilizava um pano deixado pelo avô.

As calças eram frisadas diariamente, a camisa branca bem passada e engomada era abotoada no colarinho sem gravata.

Percebendo algumas diferenças entre suas atitudes e as dos amigos, com medo de que as notassem, passou a se comportar como eles.

Desajeitado, começou a jogar futebol. Controlou as gesticulações que poderiam ser mal interpretadas. Não dava mais os gritinhos que irritavam o tio. A tia comentava às amigas:

— Ele está um homenzinho.

Mal escondendo maldosa ironia, elas se entreolhavam e confirmavam:

— É. Ele é um homenzinho.

Pensaram em voltar ao padre Reus, agradecer a cura e pedir para ela ser irreversível. Negligenciaram. Não viram razão para incomodar o santo homem em seu conforto celestial, nem perder tempo na curta, mas desconfortável viagem até a sua sepultura.

A idade da inocência estava indo embora, ele e seus amigos davam os primeiros passos em direção à vida adulta.

Pedro começava uma longa etapa da vida em que dizia ser um sendo outro. Achava melhor assim. O castigo era inevitável para aquela alma. Os estranhos caminhos que percorreu do nascer ao morrer tornavam forçoso seu sofrimento.

Nasceu diferente e sem ser desejado. Escondia seu verdadeiro eu. Vivia como não gostava de viver, morreria como não gostaria de morrer.

Há muito que o pai do Carlos anunciava a mudança para um lugar mais agradável do que aquele onde estavam. Não informava quando isso ocorreria.

O tempo ia passando e a promessa caindo no esquecimento. A família estava acomodada àquele local onde o destino a colocara e não dava sinais de querer removê-la.

Quando o sonho da mudança já havia sido abandonado, o pai informou que iriam embora dalí.

A nova casa, recém-construída, era confortável, em bairro aprazível, longe do centro, silencioso, com praças e ruas arborizadas.

Efetivada a mudança, trataram de explorar as redondezas, descobrir quem eram os vizinhos, saber o que faziam, qual era o dia da feira livre, conhecer os horários dos bondes, informações úteis aos que chegam a novo endereço.

No lugar de onde vieram não havia pessoas notáveis. A rua, rica em acontecimentos, era pobre em famílias com destaque social. Não tinha ninguém que pudesse ser apontado como um exemplo de sucesso e servir de referência enobrecedora.

O silêncio, a ordem das coisas, as casas bem pintadas, com pequenos jardins cobertos por grama e flores cuidadosamente tratadas, indicavam que não deveriam ser esperadas ocorrências surpreendentes, até absurdas, como as do antigo endereço.

Em pouco tempo, pelas visitas que vinham dar as boas-vindas, ficaram sabendo que o morador da frente era engenheiro, o da esquina juiz de menores, mais adiante havia um professor universitário, um escritor renomado, alguns industriais, médicos, advogados e funcionários graduados.

A mãe do Carlos sentia-se no local apropriado para criar os filhos, pelo menos os mais moços teriam uma educação exemplar, sem as influências maléficas que o filho adolescente sofrera.

À medida que chegavam informações sobre a vizinhança sua satisfação aumentava. Agora poderia dizer às amigas onde morava e quem morava nas proximidades sem usar subterfúgios: "ficaremos por pouco tempo; é uma moradia transitória; estamos procurando terreno para construir e assim por diante."

A mãe acrescentou aos estimulantes castigos para melhorar o desempenho escolar do Carlos os exemplos das cercanias:

— Estude e algum dia você será como eles.

Carlos logo descobriu que não teria amigos na nova rua, nem nas proximidades. Aos seus olhos, os meninos da sua idade eram pedantes e antipáticos, quase hostis com alguém que vinha de lugar tão pouco nobre.

Do mesmo modo que já sabiam quem era quem na vizinhança, ela já sabia quem eram e de onde vinham: algo comparável a uma invasão bárbara.

Os habitantes do bairro, no entender da matriarca familiar, eram grã-finos, sem dar caráter pejorativo ou irônico à palavra, ao contrário, ela lamentava não o ser. Restava-lhe o orgulho de morar perto deles.

Carlos levou algum tempo para entender o que eram os grã-finos e o que os diferenciava dos demais.

Percebeu que se vestiam melhor e frequentavam clubes rigorosos na seleção de seus sócios, onde se juntavam aos seus iguais para jogar tênis, namorar meninas de boa família, ir às matinês dançantes e frequentar bailes com *smoking* no réveillon e no aniversário do clube. Evitavam relacionamentos com os de fora de seu grupo.

Se soubessem como o Carlos passava o tempo no antigo bairro sentiriam asco, ficariam chocados com tanta baixeza.

Mesmo que alguém lhe dirigisse a palavra ele não poderia mencionar a vida pregressa. O passado teria que ser escondido custasse o que custasse: ele o condenava.

Imaginem-se aqueles jovens de boas famílias, com bons sobrenomes, educados, polidos, respeitosos, convivendo com seus iguais, ouvindo coisas como a velha despencando do banheiro, mulheres adúlteras, filhos bastardos, a indecente correspondência à senhora Anita Galvão, as idas à rua da perdição, a convivência com o Pedro, o cinema aos domingos, no qual passavam velhos filmes em preto e branco, as peladas jogadas em terrenos baldios, em vez do tênis em um lugar apropriado.

Carlos sentiu que não tinha nada, absolutamente nada do que se espera de uma criatura de boa família. O melhor era evitar o contato com aquela gente.

Teria que ocultar sua vida pregressa, no limite, inventaria uma nova biografia para aqueles primeiros quinze anos de existência. O condenável passado pesava sobre seus ombros.

Uma maneira de amenizar a trágica situação em que se encontrava era voltar sempre que possível ao bairro de sua infância.

Não tinha experiência suficiente para saber que certas mudanças são irreversíveis. As pessoas se transformam, às vezes de modo tão profundo, que se tornam irreconhecíveis a quem as conheceu no passado. Amizades que pareciam ser para sempre se desfazem.

Nas primeiras semanas procurou os antigos amigos. A cada visita os assuntos iam diminuindo. Não ia ao futebol nem à zona com eles, não via os filmes no decadente cinema local. Ia ficando desatualizado dos acontecimentos que também passaram a não lhe interessar. Pouco a pouco ele se tornou estranho aos dois mundos.

Não há amizade que resista à falta de interesses comuns, elas se vão como se vão às paixões e os amores, apenas ódios, frustrações e rancores são permanentes.

Com o tempo, as coisas foram se acomodando. O novo colégio era agradável e as amizades iam sendo feitas.

Quem mais lhe chamou a atenção foi Luiza, uns dois anos mais velha que ele e mais adiantada nos estudos. Alta, magra, morena, de cabelo liso, comprido, amarrado com um pequeno laço, pendendo para trás além da nuca, balançando para um lado e para outro, marcando os passos elegantes de seu caminhar.

Não havia nada mais belo na face da terra do que vê-la vestindo o uniforme colegial: saia azul lisa, blusa branca de mangas compridas com um lacinho colorido, uma gravatinha apertando o pescoço, calçando meias soquetes de cor branca e sapatos pretos sem salto. Carlos morava e estudava perto dela.

Quando coincidia pela manhã pegarem o mesmo bonde, sorrindo, ela o estimulava a conversar. Encabulado, ele recebia um suprimento de felicidade que o transportava ao paraíso. Assistia às aulas ansiando pelo término para pegar o mesmo bonde que ela na volta para casa, o que nunca ocorreu. Por que isso não acontecia? Não sabia. Todas as meninas voltavam para casa, menos ela.

Carlos se apaixonou pela Luiza. Paixão forte que só ocorre na juventude. No longo percurso entre as esperanças da mocidade e as desesperanças da velhice os amores são orgânicos ou sociais.

Teria que declarar sua paixão, não sabia como. Ela era linda, comunicativa, cobiçada, ele, muito magro, com a cara cheia de espinhas, tímido, ignorado, se fosse rejeitado, o mais provável, não teria mais nenhuma razão para viver.

Um dia ela tomaria a inciativa e revelaria seu sentimento, era só esperar. Aquela menina bonita, certamente povoando os sonhos de outros, esperaria ele terminar o ginásio, o científico, concluir a faculdade, obter um emprego e então se casariam.

Sempre que perguntava qual bonde ela pegaria na volta, a resposta o deixava inquieto:

— Eu não vou de bonde.

Haveria um lado obscuro na vida daquela quase menina, tão doce, tão pura? Quem sabe um amante mais velho? Já vira essa situação em filmes franceses.

Cada pensamento trazia uma nova inquietação. Carlos, tonto, sem saber como agir, ficava acabrunhado. Ao vê-la à tarde, passando em frente à sua casa, retomava a calma.

Em uma ocasião, ao meio-dia, viu a Luiza entrar em um Austin preto, bater a porta e partir com um jovem forte, atarracado e com cara de poucos amigos.

Carlos estava perto de descobrir o segredo que o atormentava desde o começo do "namoro": como ela ia para casa na hora do almoço?

Em uma tarde, vindo do centro, pegou o bonde Petrópolis e quando se preparava para abrir um livro, uma voz familiar perguntou:

— Posso sentar com você?

Virou-se e viu a mãe da Luiza acomodando o corpo robusto ao seu lado.

— Você sumiu. Há meses que não lhe vemos. Luiza chegou a pensar que estava doente.

A preocupação com sua saúde lhe trouxe de novo à vida. Deixou o livro de lado e perguntou, agitado:

— Como ela está?

— Bem. Preparando o casamento. Seu namorado, Aristóteles, completou a escola técnica, fez o curso de mecânico, conseguiu um ótimo emprego em uma oficina autorizada. Temos dificuldades financeiras e ele tem condições de sustentá-la. Quando terminar o colégio, irá trabalhar.

Nada mais lhe restava a não ser decidir que rumo daria à sua vida: encerrá-la, carregar sua amargura por onde fosse, aceitando seu infeliz destino, ou criar coragem e eliminar o Aristóteles.

Antes de se decidir, esperaria algum tempo, estava muito abalado para dar uma direção a seu futuro.

Enquanto não escolhia o que fazer, Carlos continuava voltando ao lugar de sua infância. A cada ida se sentia mais estranho, aquele não era mais o seu ambiente. Nada mudara, fora demolido, construído, piorado ou melhorado, havia novos moradores e alguns dos antigos tinham se mudado.

Foi ver o Pedro. Soube que a velha morrera. Deixara uma casa de herança, não era grande coisa, mas foi bem-vinda. O que fazer com o novo bem ocupava o tempo do chefe da família. Trocava ideias com a mulher e com o patrão sobre o melhor destino a dar àquele patrimônio. A mulher queria uma casa na praia ou um automóvel, o chefe sugeria alugar o imóvel. Ouvia, dizia que ia pensar e não conseguia decidir.

Atormentado, negligenciava seus deveres de síndico e tinha dificuldade em dormir. Chegou a pensar que o melhor teria sido sua mãe ter morrido sem deixar nada. A vida seguiria seu curso sem impor a necessidade de tomar decisão tão importante para o destino da família, afinal, no seu entender eles tinham tudo que alguém poderia ambicionar.

Pedro, nos poucos meses em que Carlos não lhe via, cresceu. Destacava-se em uma família em que o mais alto, o tio, era quase baixinho. Tornou-se o maior menino daquela idade pelas redondezas.

Agora tinha um quarto só seu. Não precisava mais esperar todos irem dormir para se acomodar no sofá da sala. Depois de disputa com a prima, ficou decidido que o quarto e o rádio da falecida seriam seus.

As jovens continuariam no quarto que já ocupavam. Viviam bem, não havia hostilidades entre elas.

A sobrinha tinha inveja da mãe solteira com um filho para ampará-la na velhice, enquanto ela dificilmente seria agraciada com tal bênção. Chegava a imaginar que deveria percorrer lugares ermos à noite para ser atacada por algum homem, que, saindo das sombras, lhe produziria um filho. Passaria o resto da vida em desonra, mas seria mãe.

Pedro recebeu Carlos com alegria. Mostrou o quarto, ligou o rádio, sintonizou na Gaúcha e começou a ouvir um programa com as cantoras da moda: Marlene, Dircinha e Linda Batista, Emilinha Borba.

Com gestos espetaculosos, sacudindo o corpo desengonçado, dançando com os longos braços para cima, emitiu um som afetado, mais próximo de um gemido agudo do que de uma exclamação:

— Adoro a Marlene! Sou membro do seu fã-clube, um dia serei o presidente!

O Carlos pressentiu que estava na hora de ir embora. Caminhar e buscar alternativas para salvar a Luiza das mãos do Aristóteles.

— Não vá. Espere. Quero lhe mostrar uma coisa.

Impaciente, ficou mais alguns minutos. Pedro abriu a Bíblia da avó e tirou uma foto. À primeira vista, não entendeu. Era a fotografia de uma multidão cercando uma moça bem-vestida, bonita, sorrindo.

— Veja se me descobre.

Não foi difícil, havia apenas um homem, cercado por mulheres que riam e choravam ao mesmo tempo.

— Esse sou eu. A foto foi tirada no aeroporto, quando a Marlene chegou.

Observando de perto dava para ver o Pedro, rindo, emocionado, no que julgava ser o dia mais importante de sua vida.

Sem dizer nada, atordoado, Carlos saiu sem se despedir. Pedro continuava a cantarolar e rodopiar com os braços para o alto.

O único companheiro da infância com quem mantinha contato vivia em outro mundo, em algum dia deixariam de se ver.

Embora tentasse, não conseguia tirá-lo da cabeça. Era claro que o desejado milagre não aconteceu. Ele estava pior, devia ter abandonado a religiosidade que sentira no colégio. O tio certamente arrependia-se por não ter aprovado sua ida para o seminário, dessa forma, sumiria e deixaria a família em paz. Ele não mudaria e não poderia mais ser escondido.

Contou ao Carlos que a avó, quase partindo, mandou todos deixarem o quarto, até o padre, menos ele, e com voz sumida sussurrou no seu ouvido:

— Mude, Pedro. Seja homem como o seu tio. Se você não mudar, irá para o inferno. Jamais esqueça isso.

Dado o conselho e feita a advertência, morreu.

Pedro não compreendeu se a avó o amaldiçoou, rogou uma praga ou apenas o alertou sobre coisas que estavam por vir e que só os moribundos podem ver. Preferiu atribuir o dito à esclerose da falecida.

Mesmo não entendendo a mensagem não conseguia ser indiferente a ela. Por que falar aquilo antes do último suspiro? Não teria coisa mais importante a dizer? Por mais que pensasse, não conseguia decifrar o que ouviu.

Mudar o que ou para que? O que havia de errado com ele? Ficar igual ao tio? Estudar contabilidade, trabalhar na casa de ferragens, cursar o Tiro de Guerra? Ora, ele era homem. Estudava em colégio para meninos e era o único rapaz no fã-clube da cantora. Achou melhor esquecer, não perderia tempo com aquela alucinação de quem já estava mais lá que aqui.

A morte da avó não provocou a emoção habitual nesse tipo de evento. Os familiares se portaram como se seus antepassados tivessem vindo da Inglaterra e não da Itália. Tudo se passou com respeito e seriedade, sem gritos, prantos ruidosos e desmaios, como seria de se esperar.

Na pressa de enterrar a velha não se deram conta de que a dentadura continuava sobre a cômoda, o neto a guardou em uma gaveta do mesmo móvel.

O velório foi em capela do cemitério. Se ainda estivessem na casa geminada, seria na sala de jantar, com o caixão sobre a mesa, com as coroas encostadas nas paredes e os quatro enormes candelabros prateados colocados nos cantos imaginários da mesa oval. Seria mais barato, dispensaria o aluguel da capela. Após a encomendação, todos iriam para o cemitério em procissão de automóveis, seguindo o caminhão das coroas que vinha atrás do carro fúnebre.

Morar no apartamento acarretou problema de difícil solução: a retirada do caixão e sua descida ao térreo. Os encarregados da funerária nunca tinham feito isso.

A primeira dificuldade surgiu quando, por falta de experiência, colocaram a defunta na urna ainda dentro do quarto.

Fecharam, levantaram e, ao tentarem passar pela porta, não deu, ele era mais largo que a passagem. Viraram de lado. Ouviram o ruído surdo do enorme corpo se deslocando da posição original. Resolveram colocá-lo na vertical, em pé. O esquife continuava sem passar pela porta. Tinham comprado o maior que havia na funerária, apropriado às pessoas muito gordas.

Os agentes funerários encostaram a urna na parede enquanto buscavam uma solução.

A morta, de deitada, passou à posição inclinada, e agora estava de pé. Cada um dava sua opinião.

— Vamos mudá-la para um caixão sem tantos elementos decorativos, mais simples, ordenou o filho.

— Ela não merece um ataúde de segunda, bradou a nora.

— Se entrou, pode sair.

— Ele entrou sem a tampa!

— Então tira a tampa.

Colocado sobre o assoalho, o caixão foi aberto, expondo a grotesca posição do cadáver: torto, com o rosto colado na lateral e não voltado para a tampa, como deveria ser.

No abre e fecha, levanta e deita, a defunta ficou sem um pé de sapato, com o penteado prejudicado e o vestido desalinhado, causando desconforto aos presentes.

Retirada, colocada na cama, novamente arrumada, deitada aguardou o momento de ir ao local do repouso definitivo.

O caixão foi medido e suas dimensões confrontadas com as da porta do apartamento, do elevador e da saída para a rua, onde estava estacionado o carro da funerária: ele só passaria pela porta do edifício, a da residência e a do elevador eram intransponíveis.

O ataúde desceu primeiro, com a tampa de um lado e o caixão do outro, do mesmo modo que havia subido, no térreo, foi colocado sobre o piso de granito da portaria. O corpo veio depois, em pé, como se estivesse vivo, cuidadosamente amparado pelo filho e pela nora, na companhia do Pedro e de sua mãe. A neta recusou o convite para descer com eles, estava preocupada com a avó indo de um lado para outro de maneira desrespeitosa, acreditava que ela voltaria para assombrar o edifício.

Se a porta do elevador abrisse em algum andar, quem observasse a cena cumprimentaria a família, pensaria que eles estavam saindo para passear.

Os acompanhantes, sem emoções, cumpriam uma obrigação, como subir com as compras ou descer para ir ao trabalho. Não podiam deixar de lembrar os incômodos que a velha acarretava, necessitando de ajuda para as mais simples obrigações.

O filho, o tio do Pedro, bastante irritado, a todo o momento lembrava que alugara a capela por apenas quatro horas e nessa confusão já haviam perdido uma hora. Se atrasassem mais teriam que pagar uma taxa adicional para permanecer com a morta um tempo respeitoso, senão poderiam despertar comentários maldosos na vizinhança.

Pedro só pensava no seu quarto. Imaginava o conforto e a privacidade que teria. Tiraria as coisas da antiga ocupante e cobriria as paredes com retratos das cantoras e dos cantores do rádio. Na sua imaginação, ficaria lindo.

Quando o elevador chegou ao final da viagem, o corpo foi colocado sobre o piso e depois no caixão. Novamente arrumado e penteado, foi encerrado no ataúde. O filho e a nora aparentavam algum aborrecimento com a inusitada ocorrência, felizmente vista por poucos, mas que certamente teria ampla divulgação pela vizinhança.

Durante o velório, Pedro observava o rosto imóvel, pálido, ressaltando o bigode negro, não era mais um buço, era um bigode parecido com o dos adolescentes. O neto fixava seu olhar nos pelos negros, nos olhos fechados e na boca, murcha pela falta da dentadura. Não gostou da última imagem que guardaria de sua avó. Quando a cerimônia acabou, sentiu enorme alívio.

Ele cursava o primeiro semestre do último ano do ginásio. Chegava a hora de decidir o que fazer, seus colegas trocavam ideias sobre ir para o curso clássico estudar mais três anos de latim, para o científico, com mais aulas de matemática, para a escola militar, parar de estudar e trabalhar, ou se aproximar de algum político e conseguir um emprego público.

Eram amplas as opções, nenhuma lhe interessava, não que tivesse repulsa a alguma, não, ele simplesmente não se preocupava com o amanhã, vivia o momento e gostava dele.

Passava o tempo livre em programas de auditório, idas ao aeroporto para aguardar as estrelas e astros do rádio, participar das reuniões do fã-clube numa sala modesta em um prédio decadente do centro, indigno da homenageada.

No colégio, mantinha bom desempenho e se comportava da maneira esperada. Começava a se adaptar às duas personalidades.

Era um dos poucos meninos de sua idade que tinha um objetivo claro e bem definido: ser presidente do fã-clube, no qual nesse momento era apenas um associado menor. Não tinha a menor ideia das dificuldades que surgiriam até atingir tão elevada posição.

Pedro não sabia que chegar à alta direção de qualquer coisa exige as mais imorais atitudes e os menos éticos acordos.

Carlos continuava pensando em como salvar sua Dulcineia. Não encontrava solução que não envolvesse perigo.

Ele era a um só tempo Dom Quixote e Sancho Pança, ora pendia para o heroísmo e decidia enfrentar o Aristóteles, ora para a cautela que encobria o medo, e deixava de pensar no sofrimento de sua amada.

Tentou se acomodar à ideia de que nunca teria a Luiza, aceitando o seu sofrer como culpa dela, que se entregou ao primeiro que lhe propôs casamento. Nem sua mãe nem o Aristóteles tinham qualquer responsabilidade no ocorrido. Só ela, Luiza, cometera o erro. Pagava pela precipitação, pela falta de paciência para esperar uns dez anos e casar com o tímido e apaixonado vizinho.

No íntimo, sabia que nenhuma ação estava ao seu alcance, mas pensar nelas amenizava o seu sofrer.

Os anos iam passando, a vida seguindo seu rumo, a paixão ficando distante, quando se lembrava dela, vinha a imagem da menina do ginásio, caminhando de jeito gracioso com os livros e cadernos abraçados contra o peito, sobre a blusa branca, como querendo se proteger de olhares que aguçavam pensamentos pervertidos de uns e amorosos de outros.

Um dia, andando pelo centro, encontrou o Pedro. Não se viam há algum tempo.

Ele estava mais alto e mais gordo, não era brevilíneo nem longilíneo, parecia um barril com braços e pernas longas, cabeça grande e ovalada, com a parte mais delgada do ovo coberta por cabelos pretos e lisos, e a parte mais larga apoiada sobre o pescoço, parecia com a cabeça dos palhaços de circo que se vestiam de branco e usavam um chapéu cônico.

Carlos achou estranho, não se lembrava de ninguém assim, era como se tivesse sofrido uma metamorfose que ia além do curioso corpo que ganhara. Falava grosso, tinha planos para o futuro e não comentou nada sobre o clube da cantora.

Os dois gostaram do encontro, contaram as últimas novidades. Carlos falou pouco, nada disse sobre o amor perdido. Pedro falou mais do que ele.

Caminharam pela rua da Praia, subiram a Dr. Flores e chegaram à Confeitaria Rocco, sentaram e pediram dois cafés. Demoraram quase uma hora para terminar, não tinham dinheiro para pedir mais um.

— Como anda o clube daquela cantora? Já é o presidente?

— A Marlene? Deixei de ir lá. Meu tio teve uma conversa séria comigo. Não sei por que ele implica com minhas atitudes. Fez ameaças, caso não me comportasse como ele.

Não mencionou, mas a advertência do tio coincidia com o último recado da avó. Começava a entender o que ela quis dizer.

Fazendo suspense, contou que iria cursar o clássico no Rio de Janeiro. A herança da avó foi vendida e a família decidiu usar o dinheiro para mandá-lo estudar longe.

O Rio era suficientemente distante. A viagem de ônibus durava quarenta horas.

Pedro estudaria em colégio da mesma ordem religiosa onde fez o ginásio. Na carta de apresentação, o diretor mencionou que ele era bom aluno, religioso e demonstrara uma vocação sacerdotal desestimulada pela família e que, agora dela separado, poderia ser estimulada. Não havia dúvidas: ele honraria a congregação.

Os comentários foram tão animadores que recebeu uma bolsa de estudos para o internato.

Carlos ouvia a inesperada história completando mentalmente o quadro: a família perderia de vista a criatura, fruto do pecado, cada um seguiria o seu destino sem receio de falatórios.

Na ausência da prova material de sua transgressão, a mãe poderia encontrar um pretendente, e, por fim, casar.

Uma vizinha sabedora de muitas coisas garantiu que ela era novamente virgem. A castidade mantida por dezesseis anos e os cuidados na lavagem íntima sem dúvida alguma restituíram a virgindade.

Pedro partiria em fins de fevereiro, depois do carnaval. Um conhecido que já havia estado no Rio deu instruções ao viajante:

— Você descerá na praça Mauá. Tome um ônibus que passe em Botafogo. Será fácil. Cuidado com a mala, não a perca de vista.

A mãe comprou a passagem, arrumou o enxoval e deu parte de suas economias, as colocou numa pequena bolsa de pano costurada no cós da calça. No dia da viagem, acordou cedo, preparou o café, ajudou seu filho se vestir e, antes das seis horas da manhã, foram a pé à rodoviária.

Ainda jovem, com feições que refletiam a alma envelhecida, cumpriu todas as tarefas dela esperadas. Sentia angústia pelo que acreditava ser uma premonição: ela não voltaria a vê-lo.

Beijou, abraçou, deu os últimos conselhos acompanhados de um choro sentido. Chorou pelos seus erros, pelo pouco afeto dado ao seu único filho, por ter permitido que desde o nascimento ele fosse tratado com desprezo por sua família sem que ela reagisse. Agora era encaminhado ao exílio por decisão dos tios, sem que ao menos ela tivesse protestado.

Da janela do ônibus ele abanou e viu a mãe com um lenço, enxugando as lágrimas. Nesse momento reforçou a certeza de que via Pedro, menino sem apelido ou diminutivo carinhoso, pela última vez. Teria que guardar aquela imagem, não poderia perdê-la, não haveria outra. Atribuiu a estranha sensação ao sexto sentido próprio das mães.

Tremeu, perdeu o ar, procurou um lugar para sentar e lá ficou por mais de uma hora. Só partiu quando as lágrimas acabaram.

Para o filho, a despedida e a viagem não despertaram emoções. A única preocupação era de que modo seria recebido no colégio, apreensão igual a do Carlos quando mudou de bairro.

Começava a compreender o que a avó lhe dissera no leito de morte. Ele seria homem, não envergonharia a defunta. Do mesmo modo que entendia a romaria à sepultura e começava a acreditar que o milagre havia ocorrido, as indicações eram fortes: a voz de barítono no lugar dos gritinhos, o vigoroso aperto de mão, o caminhar firme, os sorrisos contidos. Abandonou o fã-clube que lhe dera tanta esperança de ter uma posição de destaque.

Saiu no sábado pela manhã e chegou domingo, perto do meio-dia. A longa viagem, o calor durante o dia, o frio à noite, a poeira, os buracos da estrada, o mau cheiro vindo do banheiro, nada abalou seu ânimo, aceitou bem sair da casa do tio.

Sentiu um calafrio quando chegou à praça Mauá, endereço da rádio Nacional. Poderia ver a sua adorada Marlene todos os fins de semana, abraçá-la, soltar gritos nervosos como todos no auditório. Faria parte do fã-clube do Rio, da matriz, da chefia de todos os outros, deixaria a provinciana seção para fazer carreira na metropolitana. Despertaria inveja. Escreveria para as antigas companheiras, exporia sua intimidade com as cantoras do rádio. Quanta glória desperdiçaria, lamentou estar curado.

Estava em frente ao edifício de *A Noite* , sentiu desejo de entrar, de beijar o chão pisado por sua diva, ir ao camarim, tocar em suas roupas, vesti-las, se olhar no espelho, passar um pouco de pó de arroz no rosto e batom nos lábios. Viver um momento insuperável, mesmo a estrela não estando àquela hora naquele lugar sagrado, dedicado à adoração dos deuses e das deusas dos programas de auditório.

Conteve-se, não fez o que sua natureza pedia, sentia que a cura não se completara, teria que ter paciência e força de vontade até que ela fosse concluída. Esperou por uma meia hora o ônibus indicado, com os olhos fixos no enorme prédio: nunca vira um tão alto.

Sentia o passado ficando para trás, estava na capital, no único lugar do Brasil onde aconteciam coisas que valiam a pena serem vistas e vividas.

O cansaço e a ansiedade não permitiram que apreciasse a belíssima paisagem ao longo do percurso para o colégio. Desceu na parada certa, em frente ao lugar onde passaria seus próximos três anos e de onde sairia preparado para a vida.

O colégio parecia ser do mesmo tamanho que o antigo. A ordem religiosa era a mesma, mas dava para perceber um bom gosto que não existia na rústica e fria província de onde vinha, ele era privativo da sofisticada capital.

Foi recebido por um religioso, um irmão. Muito magro, com o corpo curvado, perto dos setenta anos. Os poucos cabelos circundavam a cabeça como uma auréola branca, não tinha a tonsura dos padres. Possuía um olhar bondoso que tranquilizou o recém-chegado.

— Estávamos lhe esperando. Temos alunos do seu estado, nenhum no internato, todos são filhos de famílias importantes. Um dos padres é de sua terra. Você foi muito bem recomendado.

Percorreram o longo corredor paralelo ao jardim central e às salas de aula do térreo, subiram quatro lances de escadas de madeira e chegaram ao dormitório:

-Vejamos qual é sua cama e onde está o seu armário.

O alojamento era austero, amplo, claro, muito limpo e bem-arrumado, tinha umas quarenta camas. Ao fundo ficavam os banheiros.

No mesmo piso, no lado oposto, ficava a clausura, onde se alojavam os padres.

— Arrume suas coisas e descanse, a viagem foi longa. O almoço já foi servido. Não se preocupe, arrumarei alguma coisa para você comer. O jantar será às dezoito e trinta, após as vésperas. Coloque seu terno e a gravata. Essa é a vestimenta regulamentar para o dia a dia.

O refeitório era acolhedor e simples como devem ser os ambientes em um claustro. Na parede oposta à entrada, via-se um crucifixo de madeira e um quadro com o padre José de Anchieta cercado por gaivotas, escrevendo poemas à Virgem Maria sobre a areia da praia.

Os padres, durante a refeição, fizeram perguntas ao novo aluno:

— Por que você veio para o Rio?

— Minha mãe quer que eu amplie meus horizontes.

— Fale sobre a sua família.

— Meu pai morreu na Itália, na Guerra.

— Você gosta de ler?

— Gosto de história e de conhecer a vida dos santos.

— Deixou namorada no Sul?

— Não. O namoro atrapalharia os estudos.

Mentiras e meias verdades bem recebidas pelos que ouviam.

A primeira impressão foi boa para ambos os lados. Observaram que ele preferia ficar calado, só falava se perguntado. Imaginaram que era devido ao hábito da leitura, que pode conduzir à introspecção. O padre bibliotecário era um exemplo disso.

O superior deu as boas-vindas e recomendou ao irmão que o acompanhava levá-lo à biblioteca.

Ampla, bem iluminada, tinha o pé direito elevado, que impedia a entrada do calor externo, as janelas altas deixavam passar a luz e evitavam desatenções dos leitores.

Caminhando entre prateleiras de madeira escura, percebeu que o acervo era diversificado. O velho acompanhante lhe entregou um livro sobre a vida do fundador da ordem. Foram à capela e rezaram durante alguns minutos.

Passou a melhor noite de sua vida, dormiu um sono profundo, sentiu-se bem no dormitório vazio, só seu, sem alunos mais antigos, que poderiam atrapalhar seu repouso com exibições próprias dos estudantes veteranos de qualquer escola.

Escreveu para a mãe, falou da viagem, do colégio, do jardim. O escrito demonstrava o acerto da decisão do tio e o bom uso da herança da avó. A distância despertou nele um carinho pela mãe que não sentia antes, tinha saudade dela, somente dela. Toda semana enviava uma carta.

A mãe, ao ler as boas notícias, aliviava culpa que sentia por tudo que se passara. Guardava para si o que lia, levava para o trabalho, para que os parentes não bisbilhotassem os segredos do filho para a mãe.

As aulas só se iniciariam na semana seguinte, teria alguns dias para conhecer o ambiente, se familiarizar com a rotina, comprar o material escolar e conhecer a cidade.

A primeira semana foi tranquila: missa pela manhã, café com os padres, longas caminhadas a pé pela cidade, ia até o centro e voltava de bonde. Ficava fascinado com tudo o que via: os prédios altos, cinemas por todos os lados, teatros e lugares que lhe eram familiares pelos livros de história.

Sentia fazer parte daquilo. Decidiu nunca mais deixar a capital de seu país. Como todos os moradores do Rio, considerava impossível a sede do governo ser transferida para o árido Planalto Central, ideia em curso, mas que certamente seria abandonada tão logo terminasse o mandato do obstinado presidente patrocinador da mudança.

Aproximando-se o fim da semana e das férias, já se movimentava com desenvoltura pelas cercanias do colégio, pelo bairro e pelo centro. Não encontrou dificuldade quando chegou a hora de comprar peças adicionais para o enxoval.

Das duas casas indicadas, preferiu a "A Torre Eiffel", na rua do Ouvidor, que lhe pareceu mais chique, anunciava seus artigos como sendo finos, enquanto a outra, "A Colegial", parecia com a "Casa Carvalho", onde foi comprado o enxoval do ginásio.

De agora em diante conviveria com a elite carioca, não mais poderia usar coisas de qualidade inferior. Por sorte, não trouxe as botinas, a guaiaca, as ceroulas, o poncho que usava no inverno, o gorro de lã com abas que cobriam as orelhas e as luvas tricotadas pela avó. Peças estranhas aos novos colegas e ao clima local. Teria que amenizar o tom alto e impositivo de sua fala, comum à gente de sua terra. Pedro queria se tornar um carioca o mais rápido possível.

Na prestigiosa casa comercial comprou um terno, precisaria de dois, algumas camisas, meias, cuecas, lenços e uma gravata. Tudo caro, felizmente, o que recebeu da mãe lhe permitia pagar as compras, sobrando um pouco. A mesada viria somente no início do próximo mês.

No meio da semana começaram a chegar os novos internos: jovens de famílias abastadas de estados próximos ao Rio de Janeiro. Entravam com desenvoltura no alojamento, conheciam seus lugares, cumprimentavam o novo aluno com indiferença, nenhum perguntou de onde ele vinha, qual seu nome, nem por que estava ali. A seca recepção agradou, esperava que assim continuasse, não precisaria falar, poderia continuar calado.

Dormiu mal na noite anterior ao começo das aulas, arrependeu-se de não ter fugido durante a semana, chegou a achar que as humilhações impostas pela família eram mais acolhedoras do que ansiedade que sentia.

Às seis horas da manhã, um padre acendeu a luz do dormitório. Em vinte minutos, com as camas arrumadas, vestindo terno e gravata, em fila, seguiram para a capela. Assistiram à missa, alguns comungaram, dentre eles Pedro, que não necessitou confessar seus pecados, a confissão da sexta-feira ainda era válida, não pecara desde então.

O padre confessor observou o longo período, três dias, sem pecado, algo impossível aos adolescentes, sentiu que ele era diferente. O café da manhã foi servido no refeitório dos alunos, entre conversas, barulhos e exibições. Pedro permaneceu sem nada dizer, sentado só em uma mesa no fim do salão, vestindo o terno cinza claro que trouxe de casa e usando óculos escuros.

Sabia qual seria a sua sala. O curso clássico tinha poucos alunos, a maioria preferia o científico, direcionado aos vestibulares de engenharia e medicina.

Como no alojamento, foi ignorado, só souberam seu nome na hora da chamada.

— Sr. Pedro Cardano?

— Presente!

Nesse momento, todos se voltaram para o aluno de aparência e nome estranhos que, para piorar, usava óculos escuros dia e noite.

As boas-vindas aos alunos foram dadas pelo professor, padre como quase todos os mestres. Ele ensinava português e latim, e era o responsável pela classe.

Pedro conseguiu estabelecer um modo de vida suportável, não incomodava ninguém e ninguém o incomodava. Dessa maneira, passou os três anos do curso ignorando e sendo ignorado. Seus conterrâneos tentaram uma aproximação, convidando-o a uma roda de chimarrão, polidamente recusada.

Eram pessoas distantes de seu meio social. Filhos de homens ilustres, orgulhosos de sua terra de lutas e plena de heróis, alguns reais outros imaginários, e, ele, filho de um fantasma, de uma lenda, de uma farsa, de um desconhecido.

Na infância, aceitava bem a história do pai morto em campo de batalha, à medida em que crescia começava a duvidar dela. O bravo soldado não tinha parentes, fotografias ou cartas.

Chegou a acreditar ter sido gerado sem pai, de modo milagroso. Com o passar dos anos, tendia a assumir ser filho ilegítimo de pai desconhecido. Por breve momento, teve pensamentos desabonadores a respeito da mãe: se recusou a aceitá-los.

Não fez amigos, a ponto de anos mais tarde não lembrarem o seu nome nas reuniões dos ex-alunos.

Nas aulas de educação física chamava atenção pela excessiva brancura de sua pele e por ser desajeitado em tudo que fazia.

Não perdia retiro espiritual, realizado em lugar agradável e convidativo à paz de espírito. Foi a maneira que achou para amenizar a solidão nos feriados prolongados e nas férias, quando os outros internos iam para suas cidades.

Queria viver isolado, mas se sentia incômodo sem pessoas ao seu redor, mesmo que não conversasse com elas. O isolamento cotidiano era voluntário, o outro era imposto pelo calendário escolar.

Era aluno médio, citado pelos mestres pelo fervor nos estudos bíblicos, a frequência diária à missa e à comunhão. O superior disse aos seus colegas que na carta de recomendação o reitor do colégio de onde ele vinha ressaltou seus dotes espirituais e a propensão à vida sacerdotal.

Nos fins de semana, os seus colegas, mesmo os do internato, iam à praia, aos clubes, aos bailes, ao futebol. A cidade oferecia todas as formas de lazer. A rotina de Pedro era imutável. Trocava o terno por roupa mais apropriada ao clima quente e percorria quilômetros a pé, em seis meses conhecia a cidade melhor que os nativos.

Chegou a se aventurar aos subúrbios, mais quentes que os bairros próximos ao colégio. Pegava o trem, vazio aos domingos, sentava junto às janelas abertas, sentindo o vento em seu rosto, olhava as ruas arborizadas, calçadas com paralelepípedos e com casinhas bem cuidadas cercadas por pequenos jardins.

O que via guardava alguma semelhança com os bairros afastados, mas não distantes do centro, em sua cidade.

Só se sentia incomodado quando alguma menina insinuava uma aproximação, por vezes, o incômodo era tão grande que descia na primeira estação, interrompia o passeio e retornava ao colégio.

Chegando, ia direto à capela rezar, implorar para Deus não esquecê-lo e atender ao pedido de um milagre feito por sua família.

Com fervor dizia que cumpriria a promessa feita à sua avó no leito de morte. Não poderia falhar, se isso ocorresse, as consequências seriam dramáticas. A mãe de sua mãe não fora generosa em vida, não seria depois de morta.

As insinuações femininas se tornaram frequentes nos trens, nos bondes, nas ruas, nos cinemas. Em qualquer lugar que fosse se sentia encurralado. Um simples olhar para ele era um assédio. Tratava de sair rápido, se livrar do incômodo e recuperar a liberdade.

O seu aspecto chamava atenção das moças. Bem-vestido, alto, aparentemente forte e másculo, era impossível não ser notado pelas jovens em busca de um parceiro para compartilhar tristezas e alegrias até que a morte viesse separá-los.

Esse tipo de abordagem era uma das maiores atrações da cidade. As mulheres da metrópole eram mais desinibidas que as da província. Para ele, tornaram-se insuportáveis a ponto de ter pesadelos constantes com a sua avó.

Ela aparecia à noite. Entrava no dormitório, passava por todas as camas e parava na sua.

O que via era assustadoramente real. A figura macabra executava uma dança infernal, se deslocava em rodopios rápidos para um lado e para outro, o cabelo solto ora cobria o rosto ora ia para trás ou balançava de um lado para outro. Parecia flutuar.

Chegando ao seu neto, parava, mostrava o rosto que em vida, à claridade do dia, metia medo até nos adultos. Os olhos esbugalhados, cheios de ódio, expressavam o mesmo desamor que lhe dedicava em vida.

Não é difícil imaginar o terror de Pedro diante daquela imagem vestida de preto, piorada pela morte. A cor de cera branca, opaca, a boca enrugada, o bigode, aos olhos assustados do neto, parecia maior e mais negro do que em vida. Fria: mesmo sem tocá-la dava para sentir.

Gritava. Grito agudo que só os que partiram amaldiçoados podem soltar:

— Seja homem como seu tio, senão virei buscá-lo.

Não soltava a gargalhada debochada comum aos fantasmas. Ao ouvi-la, acordava e não dormia mais. Olhava até onde a vista enxergava. Somente na sua cama ocorria a cena macabra, no restante do espaço penumbroso reinava silêncio e todos dormiam em paz.

A imagem era tão real e aterrorizante que começou a pensar que sua avó estava no inferno. No céu e nem mesmo no purgatório poderia haver figura tão grotesca, vingativa, perversa.

Quais seriam os seus pecados para não merecer sequer absolvição no Juízo Final? Pensou em todas as possibilidades.

Podia ser por causa do hábito que tinha de blasfemar: "Porco Dio, porca Madonna." Não, senão o inferno estaria cheio de italianos. Talvez as missas pelo rádio não tivessem valor para a salvação, como asseverara seu filho.

Percorreu todas as possibilidades: A cumplicidade na decisão familiar de impor ao neto sacramentos fora da ordem estabelecida, sem dúvida fora falta grave. O desabonador episódio da privada, de tão ridículo, teria sido considerado pecado mortal?

Por mais que pensasse não conseguia imaginar qual a razão de a sua avó ter recebido tão dura punição.

Admitia que o lugar mais adequado para ela seria o purgatório. Não fora boa para ir ao céu, nem má para estar no inferno. O neto do fantasma passou a viver em pânico. Temia a noite. Evitava fechar os olhos. Só dormia quando o corpo não suportava o cansaço.

Professores e colegas observaram os sinais de fadiga. Os padres recomendaram diminuir um pouco as orações noturnas e as leituras sagradas, dormir mais. Os colegas gracejavam, diziam para ele ir menos ao banheiro nas madrugadas:

— Não exagere. Masturbação em excesso mata.

Impossível a alguém mentalmente são imaginar o cansaço ser produto de uma assombração.

O rendimento escolar caiu. Cochilava durante as aulas. Conseguiu dispensa da educação física. O padre prefeito geral sugeriu fechar a capela à noite para ele não ir lá rezar. O padre reitor, sábio e experiente, não aprovou, poderia desse modo estar sendo abortada uma vocação religiosa que se manifestava pela oração além do suportável pelas pessoas normais, mas não pelos abençoados com a fé exacerbada, como parecia ser o caso do aluno Cardano. A salvação da alma está associada a sacrifícios e penitências.

Como apareceu, a assombração sumiu. Pedro voltou à rotina anterior, retornou às caminhadas de fim de semana, curtas no começo, poucos metros já produziam dores nas pernas. Recuperado, passou a organizar seus pensamentos enquanto passeava.

Lembrou-se da dentadura da avó. Trouxera consigo, estava na mala. Passou a andar com ela no bolso do paletó como um amuleto. Imaginou que esse gesto simples seria do agrado da falecida, demonstraria o afeto que nutria por ela e a acalmaria: ela não mais sairia das profundezas.

Depois de algum tempo delineou mentalmente o seu futuro. Melhoraria seu desempenho nos estudos, buscaria mais entrosamento com os colegas e, concluído o secundário, iria para a faculdade de filosofia.

Para que o fantasma desaparecesse em definitivo, arrumaria uma namorada. Sabia que desse modo a alma inquieta serenaria, evitaria falatórios entre os colegas e suspeitas entre os professores.

Traçou seu destino para os próximos seis anos e meio.

Continuava escrevendo à mãe todas as semanas. Contou o seu plano, não falou, é claro, do fantasma forçando-o a essas decisões.

Ao lê-la, não se conteve, não manteve a carta em segredo, mostrou para todos que conhecia: parentes, colegas de trabalho, vizinhos, serviçais do edifício, até o carteiro teve que lê-la, ele não entendeu a importância do documento, não conhecia o missivista, leu com dificuldade por ser segurada pelas mãos trêmulas da mãe.

Exagerou e a todos gritou:

— O Pedro está namorando. Casará assim que se formar.

Na euforia, leu o que quis e antecipou o que ainda estava para acontecer

De tanto ser tirada e colocada no envelope a carta se partiu em dois pedaços, que foram cuidadosamente colados. Restaurada, foi recolhida ao esconderijo das anteriores: a gaveta trancada do escritório. Diferentemente das outras, essa não era um repositório de segredos, mas uma preciosa relíquia.

No primeiro sábado foi ao padre Reus agradecer a graça alcançada. Foi sozinha. A família não queria saber do Pedro. A cura não interessava mais, a distância os separava do menino que só trouxera dissabores. Pode-se afirmar que, salvo a mãe, ele não tinha outros parentes.

Foi nessa nova fase que se tornou congregado mariano e foi aceito na Academia de Letras do colégio. Apesar da falta de destaque, não passou vergonha em nenhum dos dois lugares.

O período de sacrifício autoimposto foi lembrado e elogiado. O hábito da leitura o colocava em boa posição perante os alunos menos intelectualizados.

Conseguiu prolongar a dispensa da educação física, chegou ao final do primeiro ano sem voltar às práticas esportivas. Nessa hora, ia à biblioteca se aprofundar na vida dos santos.

Prudente, o reitor mandou recolher *A vida de Santo Antão*. Temia que ele adotasse o santo eremita como exemplo, achasse uma caverna nos morros próximos ao colégio, nela se enfurnasse em busca da contemplação e da santidade.

Em tempos de pouca fé e muito ceticismo ele seria recolhido ao hospital Pinel, próximo ao colégio, diagnosticado como esquizofrênico, não como santo. Só deixaria aquele lugar de tratamento de doença sem cura quando fosse transferido para a Colônia Juliano Moreira, onde passaria o resto de sua vida indo e vindo sonolento pelo pátio.

Desse modo, adquiriu grande saber sobre a vida de santos que não colocariam em risco sua vida nem sua sanidade mental.

O plano de três etapas teria que começar a ser executado de qualquer maneira.

A primeira foi facilmente atingida, estudou mais e se tornou um bom aluno.

A segunda era a mais difícil, deveria arrumar uma namorada. Sair com ela, pegar sua mão, levá-la para conhecer o jardim do colégio. O namoro não poderia ser escondido, deveria ser exibido, acreditava que assim sua avó se aquietaria.

Não sabia por onde começar. Seria a tarefa mais árdua de sua vida. Tinha medo de não realizá-la. As mulheres lhe provocavam uma inquietação, ele não sabia explicar a razão, não era somente timidez, era um mal-estar parecido com aqueles que antecedem os resfriados.

Nas raríssimas vezes em que essa aproximação foi inevitável, o incômodo, de tão forte, quase provocou desmaio.

A repulsa ao sexo feminino dificultaria cumprir seu plano, nesse caso, não se livraria da assombração e acabaria louco.

Com coragem e força de vontade começou a jornada. Como não tinha vida social, a namorada teria que ser encontrada nos ônibus, nos trens, nas ruas.

Muitos fins de semana se passaram e nada aconteceu. Continuava fugindo dos olhares estimulantes. Escondia-se deles sentando no fundo dos ônibus, junto à janela, permanecendo com os olhos voltados para fora.

Como o fantasma não mais apareceu achou que tudo estava resolvido. A avó esperaria pacientemente o grande dia, onde ela estava, a contagem do tempo é diferente: anos e séculos equivalem a horas e dias dos vivos. Nas acomodações definitivas o tempo passa devagar.

Além do mais, não desgrudava do precioso e protetor amuleto: a dentadura.

A fúnebre aparição podia ler seus pensamentos e as cartas que enviava à mãe. Para evitar dissabores mantinha o plano inicial, antes de começar a busca semanal, pensava com toda energia: "Sairei para procurar uma namorada. Vovó, me ajude."

Imaginava enganar a fantasmagórica figura, como se fosse possível tapear espíritos malignos.

Escrevia à mãe falando de sua busca, explicava ser difícil encontrar uma moça recatada em lugar de tantas liberdades, disse que até as meninas de boa família tinham comportamentos reprováveis.

A mãe respondia dando-lhe apoio: "Pedro, não se apresse. Procure com calma. Aceite os convites para ir tomar chimarrão na casa de seus colegas, talvez entre eles você encontre uma moça gaúcha, digna de você. Continuo rezando pelo teu sucesso."

Com o passar do tempo, foi ficando desatento à sua missão: achar a namorada. Os passeios voltaram a ser momentos de reflexão íntima, povoados de sonhos sobre um futuro onde seria respeitado por todos.

Não conseguia se entrosar com os colegas, mesmo havendo cordialidade, ele não era convidado nem pelos filhos da terra, que considerava pedantes, nem pelos conterrâneos, que julgava arrogantes. A recusa para a roda de chimarrão foi fatal, não ocorreu outro convite.

Nada disso o incomodava. Sobrava mais tempo para ler, ir ao cinema, ao teatro e conhecer a cidade pela qual se apaixonou.

Aparentemente, o método adotado para enganar a avó estava dando certo. No início das caminhadas continuava voltando o pensamento à busca da namorada. Nas cartas à mãe sempre falava da dificuldade em achar sua amada. Ela pedia para ele não se impacientar, com calma encontraria aquela que seria mãe dos seus filhos, uma moça de boa família e fino trato. Respostas desse tipo o deixavam mais inquieto.

Em uma noite chuvosa, tudo parecia estar em ordem. A calma dominava o dormitório, mesmo com o vento empurrando as janelas e produzindo ruídos incômodos.

Nisso, Pedro deu um pulo assustado com o barulho da ventania e dos trovões, sentou na cama e, assombrado, viu a horrível criatura parada à sua frente.

A cara estava mais pálida que nas vezes anteriores, parecia exausta, gritava de maneira despudorada: "Neto infame! Bastardo que em vida me martirizou, me envergonhou e me fez odiá-lo tanto que hoje estou no inferno. Sofrerei para sempre por sua causa. Estás tentando me enganar com teus pensamentos. As almas malditas não se deixam ludibriar. Morrerás de morte indigna!"

Pedro, antes de desmaiar, em segundos de lucidez, descobriu a falta pela qual sua avó foi lançada ao fogo eterno. Lembrou-se da homilia do apóstolo João: "Quem não ama permanece na morte. Todo aquele que odeia seu irmão é um homicida." A avó o odiava, por isso estava no inferno, no lugar destinado aos assassinos.

Era isso, ele era o culpado pela situação sem volta na qual a mãe de sua mãe se encontrava.

A sinistra imagem foi lacônica, disse o que tinha a dizer e sumiu, deixando Pedro tremendo, empapado de suor, com os olhos arregalados, sem fala. Desse modo, foi encontrado pela manhã e levado para a enfermaria.

O médico não sabia o que fazer. Mudava o diagnóstico a cada visita. Começou por uma forte gripe, passou por várias doenças e concluiu com um surto psicótico, causado pelo estresse da vida escolar, e prescreveu ansiolíticos e repouso.

Um padre muito velho, afastado das atividades rotineiras, sugeriu chamar o exorcista da diocese. No seu entender, o aluno estava tomado por possessão demoníaca. O moderno colégio recusou a antiquada solução, entre a opinião do religioso e a do médico, ficou com a última.

Passou duas semanas deitado, bebendo caldos e tomando calmantes. Não soltava o terço nem quando ia ao banheiro. Apertava as contas e balbuciava palavras inaudíveis. As missas matinais passaram a ser dedicadas à sua recuperação.

Ao fim desse período, se levantou como se nada tivesse acontecido e retomou as aulas. Passou um mês sem sair nos fins de semana para recuperar os estudos perdidos.

Os colegas aumentaram a certeza de que ele era um cara esquisitão. Não lhe fizeram perguntas.

Recuperado, admitiu ser impossível enganar morta tão astuta. Procuraria a namorada, venceria receios, ascos e a encontraria. Aguardaria o retorno do espectro maligno para retirar o preocupante anátema: "Morrerás de morte indigna."

Nas caminhadas, passava por muitas meninas. Alegres, falando ao mesmo tempo, olhando para ele e rindo. Não eram risos provocantes, riam por achá-lo esquisito. Emagreceu, as bochechas encolhidas fizeram a cabeça diminuir a aparência de ovo e a pele, excessivamente branca, parecia feita de porcelana ou coberta com pó de arroz.

Caminhava a passos lentos, como se tivesse medo de tropeçar em alguma coisa. Olhava a paisagem através dos óculos escuros. Talvez rissem sem pudor nem piedade porque imaginavam que ele não enxergava seus deboches.

Atitudes que poderiam magoar outras pessoas nada diziam a ele, que arrastando seu corpo enfraquecido, prosseguia a busca. Queria achar logo a namorada para agradar a mãe e receber o perdão da avó, mas reconhecia que a penosa missão se desenvolvia com pouco empenho. Considerava embaraçoso o que fazia.

A vida de todos os seres vivos é produzida e transcorre movida pelo acaso, se os homens se convencessem disso teriam menos ansiedades, angústias e depressões.

O destino conduziu Pedro a uma farmácia para comprar colírio. Atrás do acanhado balcão, o farmacêutico atendia uma jovem. Pequena, cabelos pretos com cachos como os da Dorothy de *O Mágico de Oz*, vestida com simplicidade, aparência tímida, mais simpática que bonita. Fazia o seu pedido falando tão baixo que o farmacêutico não conseguia ouvir.

Ela olhou para o lado, viu que não estava sozinha. Havia um cliente a três passos dela. Ele ouviria tudo se ela falasse mais alto. Caso se afastasse um pouco esbarraria com a parede. Não houve jeito, a única maneira de fazer a sua compra era elevar o tom da voz.

Pedro olhava para ela, aparentando estar atento ao que pediria, mas não, ele apenas observava a enorme quantidade de cachos, lembrou do filme e, pela primeira vez na vida, achou algo gracioso em uma mulher.

Quando ela disse: "pomada para hemorroidas", e o farmacêutico, gritando, repetiu: "POMADA PARA HEMORROIDAS?", ela replicou: "Pomada para hemorroidas". Em poucos segundos, Pedro ouviu três vezes uma palavra quase obscena ocupando todos os espaços vazios da loja.

A menina, enrubescida, olhando para o chão, disse:

— É para o meu pai.

Menos mal, pensou Pedro. Ela olhou para ele e riu, não o riso debochado das outras mulheres, mas um sorriso tímido, afetuoso, solidário, quase um pedido de desculpas.

Pedro recebeu o que havia pedido. Ela esperou e perguntou:

— Para onde você vai?

— Estou caminhando sem rumo.

— Venha comigo, moro um pouco adiante.

E assim começou o namoro do Pedro, estranho como tudo na sua vida, não estimulado por flores, perfumes ou poemas, mas por uma palavra que não ousava repetir. Não sabia bem que doença era, apenas que se passava em local impróprio às conversas entre pessoas educadas.

O seu tio já havia pronunciado a palavra de mau gosto, numa referência à saúde do patrão, durante um almoço dominical. Severamente repreendido pela mãe e pela esposa, pediu desculpas e continuou comendo.

O mal-estar produzido foi tão grande que as senhoras perderam o apetite. Deixaram a galinha ao molho pardo no prato, em repúdio ao descontrole verbal do chefe da família.

O curioso é que em poucos dias todos nas redondezas sabiam que o patrão do tio do Pedro sofria do incômodo e desabonador mal.

Para não romper o hábito de relatar tudo o que sabiam, as mulheres contaram a história para amigas discretas e recatadas, que passaram para outras com as mesmas qualidades. Em pouco tempo, num raio de duzentos metros, todos sabiam o que se passava com o senhor idoso, dono da casa de ferragens na qual o vizinho era diretor-adjunto.

Acrescentaram por conta própria que ele usava o absorvente das mulheres naqueles dias. Não conheciam o velho, mas organizaram uma novena pedindo sua recuperação.

O interessante é que descobriram três homens e duas mulheres que moravam por ali e padeciam do mesmo mal, a novena foi estendida a todos eles.

Enquanto caminhava com a menina dos cachos, Pedro ia se lembrando dessa ocorrência da infância. Sentiu que ele atraía fatos bizarros, só não identificava a razão.

Pouco se falaram durante o passeio, apenas um soube do nome do outro. Chegando em casa, ela se despediu de maneira formal, mas convidativa a um encontro no próximo sábado às três horas.

Aceitou o convite. A menina não metia medo como outras mulheres, seu olhar era puro como deveriam ser as suas intenções. Pressentiu não estar em perigo.

Pedro se despediu e foi ao cinema satisfeito com seu triunfo: vencera barreira que parecia intransponível.

Voltando ao colégio, no começo da noite, se pôs a escrever para a mãe. Pulando a questão da pomada contou em detalhes do passeio com a namorada.

O namoro deu vida a Pedro. De taciturno, sempre encolhido no seu canto, passou a cumprimentar os colegas, puxar conversa e até fez uma palestra na Academia.

Falou sobre a preservação da castidade antes do casamento. Disse que em momentos extremos o suicídio, se praticado para defender essa virtude, é aceito pela Igreja. Enriqueceu o tema contando a história de Santa Apolônia, que tirou a própria vida para manter a virgindade. Foi perdoada pela Igreja e por Santo Agostinho.

Finalizou a exposição com um brado: "Entre a dor e virtude, fiquemos com a virtude. É preferível morrer a perder a castidade!"

Alguns padres ouviram a palestra e a aplaudiram com entusiasmo. Os colegas acharam o tema estranho, mas aplaudiram.

Fora dos muros do colégio, os comentários não correspondiam à intensidade dos aplausos: "Ele é muito esquisito", "Inegavelmente tem cultura", "Parece que vai ser padre", "Dizem que tem uma namorada", "Querem saber? O cara é doido".

Os religiosos comentaram durante toda a semana o que ouviram. Preconizaram uma carreira brilhante, seria teólogo de renome.

— Por isso que o demônio quis se apossar dele, falou o velho padre, que pressentiu a presença de Satã tentando se apoderar daquela alma sem mácula.

Esquisito, quase santo, erudito, doido, cobiçado pelo diabo, Pedro foi ganhando espaço entre os colegas, nada, porém, que o levasse às suas casas, aos clubes ou à roda de chimarrão.

As coisas iam bem. Não abandonava o amuleto que lhe trouxe tanta sorte.

Aguardava os fins de semana com ansiedade. Terminado o almoço dos sábados, se vestia com aprumo e ia à casa da namorada.

Ela esperava na porta, dali partiam para lugares maravilhosos que só o Rio de Janeiro tem. Conversavam sobre a vista, o clima, os estudos, nada sobre as famílias. Ela também fazia o clássico, estudava em um colégio de freiras perto de casa.

Num dia chuvoso, ele não a encontrou no lugar habitual: a porta de sua casa. Pensou em dar meia-volta e retornar ao colégio, mas acabou tocando a campainha. Ela abriu uma fresta da porta e disse que não iria passear naquela chuva. Pedro concordou, falou no risco de ficarem gripados ou pegarem uma pneumonia.

Já se despediam quando uma voz rouca veio de dentro da casa:

— Shirley, convida o moço para entrar.

— Outro dia papai, ele está com pressa.

— Traga-o aqui, quero vê-lo.

Com desagrado, mandou Pedro entrar.

Era a voz de alguém que respirava com dificuldade, mas que ainda dava ordens irretorquíveis, gastando sobras de energia que fariam falta para se levantar, ir ao banheiro, desligar o rádio ou fazer qualquer coisa que exigisse algum esforço.

— Sente-se, por favor.

Pedro se acomodou numa poltrona coberta por plástico transparente, em frente ao anfitrião. Alto, muito magro, aspecto doentio, dava para ver os ossos da face. Vestia um pijama de algodão e sobre ele um roupão de pano de toalha, calçava chinelos de quarto que, de tão usados, era impossível saber sua cor, o mesmo ocorria com as meias de lã gastas e desbotadas. Fumava e se mexia sem parar, devia sentir dores por todo o corpo.

Pelo bom estado do plástico protetor da poltrona era fácil perceber que há muito tempo ninguém se sentava naquele lugar.

O anfitrião fazia perguntas, o visitante respondia e observava a casa. Modesta, um pavimento, dois quartos e um banheiro. Pela porta da cozinha, deu para ver o minúsculo pátio com um varal.

A sala tinha duas janelas envidraçadas, voltadas para a rua calma e arborizada, as persianas de madeira pareciam nunca terem sido abertas. O ambiente era escuro, com pó acumulado na parte de baixo das esquadrias e teias de aranha na de cima.

Shirley percebeu o olhar do convidado:

— Meu pai sofre de neurose de guerra. Tem medo de ser atacado a qualquer momento, por isso não abrimos as janelas.

A iluminação chegava através de réstias de sol vindas do pátio.

Além das duas poltronas, havia uma mesa redonda para refeições, circundada por quatro cadeiras, uma cômoda e um armário. Tudo muito simples e empocirado. Apesar da escassez de objetos a sala parecia atulhada de coisas.

— O que seu pai faz?

— Ele morreu na Guerra.

— Eu também entrei em combate. Perdi esse olho lutando contra os alemães. Como era o nome de seu pai?

— Pantaleão, soldado Pantaleão Cardano.

— Não me lembro dele. Éramos vinte e cinco mil. Eu era sargento, na volta fui reformado como segundo tenente. Desde então, vivo com minhas lembranças, sentado nessa cadeira, ouvindo o rádio e os gemidos de minha mulher inválida, deitada naquele quarto. Quem cuida dela é a Shirley.

Pedro virava a cabeça, olhava para todos os cantos e confirmava a pobreza em objetos. O cinzeiro junto à poltrona estava embutido em uma cápsula de obus, ao lado dele, uma escarradeira utilizada com frequência, nas paredes, algumas fotografias da guerra e uma pequena vitrine protegendo duas condecorações militares. Em cima da cômoda repousavam metade de uma granada, uma baioneta e um cantil. Não havia retratos da família, nem quadros ou gravuras.

Além das hemorroidas, do olho cego e da neurose, era fácil ver que ele carregava um enfisema que tornava penoso respirar.

Uma voz fraca, vinda do quarto, pediu:

— Shirley, traga a comadre.

Calada, com vergonha, ela pegou no banheiro a peça esmaltada, branca, esperou a mãe utilizar, lavou, guardou e voltou para a sala.

Quando a chuva parou, Pedro se despediu e saiu, pensativo com a dura realidade vivida por sua Shirley. Ela dava graças a Deus por ele ter saído. Achava impossível o namoro prosperar depois de ele conhecer seu ambiente e saber que limpava a comadre e a escarradeira.

No colégio, continuou com a nova postura. Não se abalou com as dificuldades da namorada. Ela tinha um lar, os pais estavam a poucos passos da morte, herdaria a casa, a embelezaria, abriria as janelas, plantaria flores no pátio e ficaria com a pensão do militar.

Quando casassem, já teriam onde morar. Pela primeira vez, Pedro pensou de forma prática.

No sábado, se dirigiu à casa de Shirley. Ela abriu a porta sem necessidade da ordem do pai, afinal, o que queria preservar de sua intimidade já fora desvendado. Como se fosse um hábito antigo, Pedro sentou-se em frente ao velho combatente.

— Foi muito bom conversarmos. Desde que meu irmão morreu há oito anos que ninguém aparece por aqui. Não temos outros parentes. Os companheiros que voltaram sem problemas físicos ou mentais seguiram suas vidas. Os inválidos, como eu, estão recolhidos em suas tocas ou no asilo do Exército, na Ilha do Fundão. Vá lá. Talvez encontre algum amigo do seu pai.

— Obrigado pela ideia. Irei à primeira oportunidade.

A conversa foi interrompida por um acesso de falta de ar, combatido com tragadas de Tufuma ovalado, seu cigarro preferido.

Esperaram ele melhorar, despediram-se e saíram. Os enamorados pegaram três bondes e foram passear no Alto da Boa Vista.

Pedro falou de sua conferência sobre a manutenção da castidade até o matrimônio. Citou novamente Santa Apolônia. Falou sobre a execução de Santa Juliana, que se recusou a entregar sua pureza ao noivo pagão, e de Santa Inês, queimada viva por proteger seu bem maior.

A namorada pensava como ele. Nada era mais importante que preservar a virgindade. Disse que ia sugerir às freiras do seu colégio convidá-lo para repetir a palestra.

Para evitar tentações, não andavam de mãos dadas, os beijos do encontro e da despedida mal tocavam as bochechas.

Tiraram uma fotografia em um lambe-lambe na praça Tiradentes. Pedro pediu três cópias e foi logo explicando:

— Uma é para minha mãe.

Quando a fotografia chegou, sua mãe saiu correndo, queria mostrar a todos a namorada do Pedro.

"Ela parece com a Shirley Temple", "É simpática, não chega ser bonita", "Esses cachos estão fora de moda", "Como Pedro emagreceu! Ele está doente?" A orgulhosa mãe não dava importância àquelas manifestações de inveja.

Na semana seguinte, foi chamado à direção do colégio, ficou preocupado como qualquer estudante nessa situação. Raramente o aluno é convocado para ouvir elogios. Quando entrou no gabinete, o diretor e mais dois assistentes bradaram, em uníssono:

— Parabéns. Você orgulha o colégio, a nossa ordem e a própria Igreja. O colégio das freiras pediu para você fazer uma palestra sobre a castidade. Será na sexta-feira, às quatro horas da tarde. O regente de sua classe irá acompanhá-lo. Brilhe como brilhou aqui.

Passou a semana se preparando para o grande dia. Lia, escrevia, buscava exemplos, já tinha em mãos um tratado explicando e justificando a luta contra o terrível pecado. Como não tinha a menor ideia do que eram hormônios e para que serviam, não os associava à necessidade de, ao crescer, se multiplicar.

Estudando na biblioteca, veio à lembrança uma passagem esquecida de sua infância.

Em um domingo, na volta da missa, seu tio gritou com sua mãe:

— Seria melhor você ter abortado a parir essa criança. Quem nasce do pecado morre no pecado.

O pequeno Pedro ouviu, não entendeu e continuou brincando com os quebra-cabeças do almanaque da Maizena, enquanto sua mãe chorava no quarto.

Pela primeira vez, aquela sentença pronunciada há dez anos chegava à sua lembrança. Foi deitar sem conseguir tirá-la da cabeça.

Não dormiu. Passou a noite lembrando fatos passados aos quais não dera importância e que nessa noite ressuscitavam, tornavam–se claros.

Lembrou-se das discussões em torno da ausência do seu batizado, da peregrinação em busca de um milagre que o salvasse de alguma coisa misteriosa, do pavor em ir à zona com seus amigos, da praga da avó, da ida para estudar tão longe, com tantos colégios por perto.

Tinha um quebra-cabeça a ser montado e enigmas a serem decifrados. Não chegou a se abalar, mas ficou preocupado.

Preparou a conferência e, na sexta-feira, brilhou mais uma vez. Falou com mais conhecimento e mais convicção. Afirmou com segurança que o caminho da abstinência sexual é o único que os jovens devem seguir.

Aplaudido, parabenizado, recebeu um casto beijo da Shirley. Ela tentou segurar a sua mão, mas foi repelida. Qualquer um perceberia que a menina estava excitada. Prestes a ultrapassar o que ela acreditava ser melhor para os dois.

Na volta ao colégio, foi saudado como propagandista da fé. O velho padre aposentado, o que intuiu a disputa de Satã pelo magnífico quadro, falou:

— Quando for ordenado, deverá ser missionário na África.

O reitor mudou de assunto: não queria assustar o exitoso palestrante.

No fim de semana, não foi ao encontro da Shirley. Precisava ficar só, se concentrar em suas lembranças.

Percorreu quilômetros e mais quilômetros, não tinha rumo, apenas queria entender o que há tantos anos provocara a ira do tio e agora, somente agora, percebia como aquele dia estava presente em sua memória.

O tio, sempre comedido, gritava palavras como vagabunda, parir, bastardo, que ele, aos seis anos de idade, não sabia o que queriam dizer.

Imaginou se tratar de um irmão gerado após a morte do seu pai e que deram para adoção. A sua mãe se descontrolara, cedeu à tentação e pecou. Sim, era isso.

Voltou preocupado, não era a ele que o tio se referia, mas ao mal que atingira sua mãe e a um irmão que deveria ser procurado. Ele estava salvo, mas não o seu irmão. Usaria todas suas forças para achá-lo. Com ele e sua mãe formaria uma família. Viveriam no Rio de Janeiro. Ele cursaria a faculdade à noite e trabalharia durante o dia.

Romperia com o tio. Só agora compreendia toda a extensão de sua pequenez, do seu egoísmo; não entendia por que havia esquecido aquele acesso de fúria. Não sabia ser aquele o mais marcante momento de sua vida.

Escreveu uma longa carta para a mãe explicando que somente agora havia compreendido razão daquelas palavras rudes e de suas lágrimas.

Perdoava-a por abandonar o filho por pressão de seu irmão. Agora procurariam a criança, viveriam juntos, sem temores nem arrependimentos.

Como pulou várias etapas do seu raciocínio, na primeira leitura, a mãe não entendeu nada, na segunda, se assustou com as perigosas especulações levantadas. Leu mais uma vez e percebeu que seu filho achava ter compreendido o que havia se passado naquele dia distante.

Não é difícil imaginar o abalo sofrido pela pobre coitada. Desmaiou. A carta caiu de sua mão. Enquanto a cunhada a socorria, o irmão lia em voz alta o que estava escrito. Ficou pálido, nervoso, arrependido de ter dito aquilo sem ver se havia alguém por perto, mas sem remorso do mal causado à criança e ao adulto que dela se formou.

Sua mulher trouxe um copo com água e açúcar.

— Fique calmo, ela está bem.

Ele saiu rápido:

— Irei à firma.

Com a cunhada repousando, sua mulher saiu para contar às vizinhas o que se passava. Uma enfermeira afirmou se tratar de queda de pressão:

— D'outra vez dê uma pitada de sal e ela se recuperará num instante.

— Meu marido ficou tão assustado que passou mal. Não sabia que ele gostava tanto da irmã.

A mãe não sabia como responder a carta, seu irmão, cheio de culpa, veio socorrê-la:

— Vou lhe ajudar. Contaremos que o menino está sendo bem-criado por uma rica família do norte da Itália.

— Não se pode corrigir uma mentira com outra!

— É aí que você se engana! Esse é o recurso usado por todos os homens públicos, até pelo presidente da República. Deixe de ser ingênua: só uma mentira pode anular outra.

Sem alternativas, escreveu o que era ditado pelo irmão. Falou nas dificuldades financeiras para criar o filho do estuprador que a atacou à noite num terreno baldio. O ataque foi tão violento que ela ficou desacordada. Ingênua, só meses mais tarde percebeu a extensão do mal sofrido.

Pediu perdão ao filho. Mesmo sendo a gravidez fruto de violência, apelou para ele aceitar a situação como estava e apenas guardar na lembrança que ele tinha um irmão, que graças a Deus vivia bem.

O autor da resposta, antes de terminar o ditado, acrescentou:

— Querido filho, reze todas as noites pelo seu irmão.

Ela não só repeliu a ideia como repreendeu o irmão:

— Chega de mentiras! Basta de pecados! Iremos todos para o inferno.

A revolta, reprimida há quase duas décadas, explodiu, gritando, amaldiçoou o desprezível irmão.

Ao ler a carta, Pedro aceitou bem o que sua mãe contou. Na resposta, disse que não se preocupasse com a salvação de sua alma, ela fora vítima de violência em momento de desatenção de seu anjo da guarda.

A reprimenda do seu tio foi injusta, não podia jogar culpa em quem não a tinha: sua mãe era vítima.

A lembrança de coisa tão antiga, caída no esquecimento, despertou curiosidades. Agora queria saber mais sobre seu pai.

Foi ao Ministério da Guerra e consultou a relação de todos os soldados que embarcaram para a Itália. Havia dois Pantaleões, um do Nordeste e o outro do Amazonas, nenhum de origem italiana. Pediu para a mãe lhe mandar o nome completo, o dos pais, local de nascimento, tudo que facilitasse a busca.

Ao lê-la, nova crise, novo desmaio. A cunhada lhe enfiou goela abaixo uma colher de sal. Fez efeito rápido, mas não a impediu de continuar a crise histérica. A vizinha enfermeira considerou a dose exagerada, para neutralizar o seu efeito deu um copo com um concentrado escuro de maracujá. O resultado foi o esperado: ela dormiu quatorze horas seguidas.

Por ordem do irmão, não respondeu contando a verdade e encerrando aquele amontoado de mentiras.

— Meu filho merece saber quem ele é.

— Não. Ele sofrerá forte abalo psicológico, já chega ser maricas.

Nova punhalada. Ouvia, sofria, não respondia e, calada, guardava suas mágoas.

— Escreva: "Seu pai foi um herói. Morreu moço, estraçalhado por um tiro de morteiro. Não encontraram nada para enterrar. O capelão rezou uma missa no local e encomendou sua alma ao Senhor. Nos registros do Exército, anotaram apenas: soldado desconhecido."

Não foi difícil compreender a confusa história. O bastardo, o ilegítimo, o indesejado, o fruto de uma relação espúria, era ele mesmo. Não havia irmão, nem estrupo e muito menos um soldado chamado Pantaleão Cardano.

Mesmo bastante abalado, evitou se retrair, voltar a ser o aluno calado e esquisitão. Deu um basta nos comportamentos que dificultavam relacionamentos. Teria que viver com aquilo para o resto de sua vida: não tinha pai e era filho de uma mulher sem freios morais. A única verdade de sua existência era essa, não havia outra. Daí para frente seria ele e somente ele.

Passou três semanas sem procurar a Shirley. Foi vê-la para comunicar o fim do namoro.

Tristonha, abriu a porta, era fácil perceber que passou três semanas sofrendo. Pedro pensou que era devido à sua ausência. O pai ficou feliz ao vê-lo:

— Sentimos falta de você. A Shirley está muito deprimida, sua mãe só piora. O médico a entregou às mãos de Deus.

O velho militar estava mais só do que nunca, sabia que sua mulher partiria de uma hora para outra. De um modo estranho, a companhia da moribunda faria falta, apesar de pouco se verem e quase não se falarem, ela imobilizada e ele com saúde precária, um sentia a presença do outro.

Os três ou quatro metros que os separavam podiam parecer um abismo, mas não, havia uma ponte que os unia em lembranças de tempos não tão distantes, mas perdidos para sempre.

O pai não percebeu que a tristeza da sua filha era causada mais pelo possível rompimento do namoro e menos pelo lento morrer da mãe. Sua fé inabalável lhe dava a certeza de que a morte a livraria do sofrimento e abriria as portas do paraíso: não havia por que chorar.

Ele queria conversar, contar detalhes da agonia de sua mulher, uma maneira de dizer que estava bem, que não se encontrava às portas da morte, mas os dois jovens estavam ansiosos para ficar a sós, conversar, expor sentimentos, só possíveis sem a presença de outros.

Apesar da tarde agradável, eles não demonstravam o mesmo entusiasmo das outras vezes em que se viam.

Shirley se antecipou:

— Pedro, sua palestra foi brilhante. Estou muito arrependida de ter tentado pegar a sua mão. Desculpe minha precipitação. Sabemos que as tentações demoníacas se manifestam contra nossa vontade, cabe a nós repeli-las. Não ria, mas desde que te conheci tenho tido sonhos que me fazem morrer de vergonha. Levanto, rezo e passa. O demônio jamais roubará minha alma. Você tem tido sonhos impuros?

Sim, mas não como os seus. Eu sou diferente.

— Sei, sua fé é maior que a minha. Você é feliz.

Pedro não respondeu. Dizer o quê? Mentir mais uma vez: "Sim, eu sou feliz, não tenho sonhos imorais" ou contar seus pesadelos, carregados de perversão contrária à sua pregação?

Calados, quadra após quadra caminhavam, olhando para o chão. Os dois sabiam que aquele era o último dia em que passeavam juntos. Ela estava com pena do seu pai, que não teria mais ninguém com quem conversar.

Não se contendo, de um fôlego só, disse:

— Pedro, sua palestra me abriu os olhos, farei voto de castidade. Serei freira. Casarei com Cristo.

Pedro ficou aliviado, não precisaria dizer a verdade nem mentir. Apoiou a decisão que dava fim ao namoro, que os colocava à beira do abismo.

Despediram-se com tristeza, mas sabiam ser a decisão essencial para seus propósitos: do Pedro, assumir sua verdadeira natureza, e dela, se refugiar na fé.

Meses depois, se encontraram por acaso.

— Como vai, Shirley?

— Bem. Comecei o noviciado.

E seu pai?

— Com a morte da mamãe, ele foi para o Asilo dos Inválidos da Pátria, na ilha do Fundão. Se você quiser, poderemos visitá-lo. O lugar é lindo. Ele está feliz, agora tem com quem conversar. E você, como vai?

— Estou estudando bastante, principalmente filosofia e psicologia. Tem muita coisa que eu ainda não compreendo.

No colégio explodiu um escândalo, situação jamais imaginada, nem pelos piores pecadores.

Durante a faxina, um servente, ao abrir o enorme armário onde eram guardados os materiais de limpeza, se deparou com cena que só de vê-la qualquer um ficaria lívido.

Saiu correndo, inteiramente descontrolado, em busca do irmão responsável pela manutenção dos prédios.

Quase sem fôlego, contou o que viu. Dois jovens de famílias ilustres, nus, praticando o maior dos pecados.

Há muito que alunos e professores falavam sobre os trejeitos do gordinho risonho, baixinho, bem-vestido, a surpresa foi o outro. Descendentes de famílias ilustres, membros da melhor sociedade carioca. O pecador maior, sem dúvida alguma, era o gordinho. Assim afirmou a única testemunha do ato ignóbil.

Na hora do almoço, os mestres comentaram o ocorrido em voz baixa. De repente, o padre mais velho, o mesmo que queria enviar o Pedro para a África, gritou para todos ouvirem, inclusive o pessoal da cozinha:

— Sodomia! Esse não é o primeiro caso na casa. O de 1932 não impediu que os dois se destacassem, com os de 1950 não sei o que aconteceu.

O silêncio foi o maior já escutado naquele local. O silêncio, quando extraordinário, é percebido por outros sentidos que não a audição. Durante um minuto, só se ouvia o eco da horrível palavra, sem sinônimo ou metáfora para amenizá-la, dita por pessoa desprovida de autocensura.

O constrangimento foi completo. Ninguém mais comeu, só o velho indiscreto ficou em seu lugar, aguardando a sobremesa.

Os dois foram expulsos. No ano seguinte, reiniciaram os estudos em outros colégios. A fama do gordinho o acompanhou por toda a vida. Na idade adulta, ele mesmo contava, fazendo graça, o que se passara dentro do armário. Dizia o nome de seu companheiro, e o colega, homem casado e respeitado, desmentia a história.

Pedro, mesmo não tendo nada a ver com aquilo, ficou preocupado. Não conseguiu identificar claramente a causa de seu incômodo, talvez fosse porque um professor disse que, para essa perversão, não havia perdão, lembrando o episódio de Sodoma e Gomorra.

As cartas da mãe chegavam e iam para a gaveta sem serem lidas.

Nas férias do final do ano, decidiu não ir para casa. Escreveu um bilhete dizendo que aproveitaria o período de descanso para estudar e fazer retiros. Sequer desejou boas-festas.

Fez dois retiros espirituais, um no Natal e outro no carnaval. O velho sacerdote imprudente no falar morava na casa de retiros e lhe fazia companhia. Conversavam todos os dias. O ancião abordava partes de difícil compreensão da doutrina católica.

Quando em atividade, era um importante teólogo, agora, na velhice, era um homem cheio de dúvidas, com mais descrenças do que crenças. Falava sobre isso com Pedro, não sabia que levava dúvidas da velhice àquele jovem, que considerava apto a evangelizar pagãos em terras distantes.

Pedro se recolhia para fugir da solidão, para pedir a Deus e aos santos que lhe indicassem o melhor caminho, jamais para enfraquecer a sua fé. Apreciava a companhia do velho teólogo, que, se não morresse logo, poderia incorrer em heresia.

No recomeço das aulas recebeu inesperada carta do tio. Pensou em não abri-la, por fim, a curiosidade venceu. Leu e ficou preocupado.

Sua mãe caiu em depressão profunda, não saía da cama há três meses, não falava e comia a contragosto. No seu organismo enfraquecido se instalou uma tuberculose persistente, que não reagia aos medicamentos: "A única coisa que pode salvá-la é sua vinda. Pedro, nos perdoe. Erramos."

Não conseguindo superar o rancor, com o coração empedernido, resistiu. Chorou várias noites, rezou pela mãe, mas não atendeu ao apelo do tio.

Dois meses mais tarde, recebeu outro telegrama: "Por favor, venha. Ela está morrendo." Mostrou ao diretor. Pegou suas economias e foi de avião. Chegou tarde. Os poucos vizinhos e colegas de trabalho que acompanharam o funeral já iam embora. Deu apenas para ele chorar, sentado sobre o granito frio do mausoléu.

Seu tio olhou para ele com todo o ódio possível:

— Ela morreu por sua culpa. Bastardo!

Pedro não respondeu. Não havia em sua alma espaço para mais tristeza. Ouviu o insulto com indiferença e continuou chorando sobre a pedra tumular. Dali, só saiu ao anoitecer.

Caminhou entre as sepulturas, leu nomes conhecidos e desconhecidos. Passou pelas construídas sobre o terreno, algumas monumentais, outras mais simples, algumas bem cuidadas, outras abandonadas, cruzou com as que ficam empilhadas uma sobre a outra, como as colmeias das abelhas. Entrou na área das capelas, procurou a do velório de sua mãe, as flores murchas ainda não haviam sido retiradas, entrou, rezou, perdoou, compreendeu seu drama como nunca havia entendido.

Ele e sua mãe foram vítimas da intolerância dos parentes, dos vizinhos, das leis, da hipocrisia e da religião. Melhor seria ter sido condenada à morte do que viver carregando a vergonha imposta por outros. Só então, Pedro se deu conta de quanto sua mãe era jovem e do quanto a amava.

Desceu a ladeira que conduzia à colina povoada pelos mortos. Olhou a cidade, a noite clara dava brilho às águas do Guaíba. Procurou nas estrelas a mais reluzente, quis acreditar que nela estava a sua mãe.

Percorreu caminhos que não levavam ao seu destino, apenas perambulava por ruas e vielas mal iluminadas; culpava-se, sentia dor profunda pelo que fez e pelo que deixou de fazer. No evento definitivo, só há lugar para o sofrimento. Não havia como corrigir o que agora considerava injusto, e tudo parecia injusto.

À noite, o frio aumentou e ele prosseguiu sua jornada, buscando lembranças que permitissem à alma de sua mãe se encontrar com os seus pensamentos e, mutuamente, se perdoarem.

Ele não chegou a tempo de salvá-la. Sentia-se responsável por sua vida infeliz e por sua morte, que veio sorrateira, conduzida por doença resistente aos remédios quando compartilhada com infelicidade.

Quase amanhecendo, chegou à rodoviária. Cansado, dormiu em um banco de madeira. Na sua cidade não havia parentes ou amigos para acolhê-lo e consolá-lo. Acordado por um vigilante, comprou a passagem e voltou ao Rio de Janeiro.

Na partida não teve despedidas nem votos de boa viagem. Olhou para trás e sentiu a presença da morta, lembrou a despedida de quando foi estudar longe, a última visão que teve foi de sua mãe enxugando as lágrimas, se sentiu o último dos seres humanos.

Os anos passaram e ele concluiu o clássico, indo estudar filosofia. Frustrou os padres quando perceberam que não seria um deles, a verdade é que ele nunca mencionou essa possibilidade, levantada pelo diretor do antigo colégio e tornada fato consumado pela palavra do atual diretor.

Mais uma culpa, que não era sua, deixava as pessoas frustradas. A vida do Pedro parecia destinada a equívocos.

Os padres lhe indicaram um pensionato masculino onde, sem pagar muito, teria um quarto só seu e três refeições por dia. A maior restrição era a volta à noite, às dez horas as portas eram fechadas. Não achou ruim, estava habituado a dormir a essa hora.

Passou a dar aulas particulares de latim e português — não faltavam alunos, o que lhe permitia uma vida folgada. As economias que tinha lhe davam segurança, sabia não ter viva alma para apoiá-lo em caso de necessidade.

O pensionato aceitava apenas estudantes universitários católicos com boa recomendação. A maioria vinha do interior do estado ou de subúrbios distantes.

Nenhum cursou o segundo grau em colégio de tanto prestígio quanto Pedro. Quando contava aos outros quem eram seus colegas, causava forte impressão aos interioranos e aos suburbanos. Repetia seus nomes ilustres, muitos conhecidos pelas atividades paternas, outros pela presença das mães nas colunas sociais.

Perguntado sobre sua família, a resposta era lacônica:

— Meu pai tombou na Itália durante a Guerra, era tenente-coronel. Foi promovido *post-mortem* a general. Minha mãe morreu de desgosto ao receber a notícia.

Os colegas, dirigentes e serviçais do pensionato orgulhavam-se do ilustre hóspede: filho de um herói de guerra, oriundo de colégio de enorme prestígio e amigo da nata de sua geração. Apesar de órfão, não tinham pena dele nem da morte de sua mãe, ocorrida por amor e tísica como Marguerite Gautier.

Havia jurado não mais mentir, mas viu ser impossível. As verdades de sua vida eram incômodas, precisavam ser escondidas. Tornava-se inevitável criar um passado digno, para levantar a autoestima e trazer o respeito dos outros.

Na faculdade, sentiu enorme desconforto, eram poucos os homens e muitas as mulheres. Na sua classe, estudavam mais de vinte moças e apenas cinco rapazes.

Sentava-se na primeira fileira, de onde via somente os professores, a maioria do sexo masculino.

Não foi difícil sobressair, os outros pareciam não estudar. Já no primeiro trabalho se destacou entre os demais: escreveu uma monografia sobre o pensamento de Tomás de Aquino muito bem recebida por seus mestres.

Os colegas se dedicavam à política estudantil ou levavam vida desregrada, pouco tempo dedicavam aos estudos.

Pedro não se interessava por política, farras ou namoros, o que lhe valeu a classificação de alienado e, mais adiante, de direitista, dada pelos colegas intelectuais: “Ele não é alienado, é de direita.” Proferida a sentença e executada a excomunhão, se afastaram dele, poderia ser um espião.

Os boêmios passaram a desconfiar de sua masculinidade, desinteressado que era de mulheres, em terra de tantas oportunidades:

— O gaúcho é bicha.

No pensionato, sua superioridade era tão grande que os demais moradores só se aproximavam do filho do heroico general quando estimulados por ele, o que raramente acontecia.

Continuava solitário, o que lhe dava uma agradável sensação de liberdade. Às vezes, sentia vontade de procurar Shirley, conversar com ela. Sua amizade não o colocaria em risco, o que a tornava uma convivência possível.

Sabia que, se a procurasse, poderia trazer perigo à sua carreira religiosa, bastaria uma alma maldosa entre as centenas de alunas, noviças, irmãs e freiras para eles virarem namorados. Preferiu não procurá-la. Eram tantas as culpas que carregava que evitava colocar mais peso sobre seus ombros.

Continuava indo às missas dominicais, comungando e almoçando com os padres, sentindo que mais cedo ou mais tarde se afastaria de tudo isso.

As novas leituras, os professores agnósticos e ateus o lançavam no perigoso mundo das dúvidas.

Doutrinas que se sustentam em dogmas de difícil aceitação, em verdades que não devem ser postas em dúvida, colocam os fiéis questionadores a poucos passos da descrença.

Pedro sabia não poder se afastar da Igreja que o acolheu, lhe deu consolo na morte de sua mãe, esperança em momentos difíceis e o perdoou quando soube que ele não seria padre, mas apenas um bom cristão, vigoroso propagandista da virtude da castidade.

Escondido em seu casulo, Pedro pouco observava o que se passava à sua volta. Não ouvia os debates inflamados entre situação e oposição na televisão. Não achava estranho, andando pelas ruas, se deparar com senhoras rezando o terço e pedindo a Deus que afastasse o comunismo de suas proximidades, chegou a acompanhar uma dessas procissões. Ouviu falar de gigantesco comício na Estação Central do Brasil expondo pensamento antagônico ao das procissões, não deu importância, sequer cogitou saber qual o motivo para reunir tanta gente.

Se ao menos lesse os jornais, saberia que o país estava à beira de uma revolução, de um golpe. A vitória poderia vir de qualquer de um dos dois lados, que exibiam suas forças em grandes aglomerações, na fala incendiária de seus líderes, nas informações e contrainformações espalhadas diariamente pelos jornais.

A cada dia havia menos espaço para neutralidades. O momento exigia definições, apenas os desinformados e os indiferentes viviam sem enxergar o que se passava.

Só percebeu que as coisas não iam bem quando as aulas foram suspensas, sem prazo para retornarem. Achou bom, teria mais tempo para fazer o que quisesse.

Em um desses dias, passando pelo palácio do governo estadual, viu tanques do Exército. Na sacada, o governador, ao lado de um militar baixo, careca gordo, fumando cachimbo, proclamava a vitória do seu grupo.

Pedro não entendeu o que ouvia. Vitória sobre o quê? Estaria o país finalmente em guerra contra a Argentina? Não. Essa conflagração começaria no seu estado. Era fácil ver que o militar ao lado do governador não apresentava o porte necessário a vitórias em campo de batalha, parecia mais um passante que visitava um amigo.

O governador saberia manejar tanques de guerra? Ele o conhecia da televisão. Sua retórica era imbatível, mas se sairia bem em atividades bélicas?

Deu-se por satisfeito, imaginando que era apenas uma visita de cortesia do militar ao político, veio de tanque porque eles estavam sob o seu comando, se estivesse à frente de uma unidade de cavalaria viria a cavalo ou a pé, se pertencesse à infantaria.

Continuou o passeio. Era primeiro de abril, dia dos bobos e ele não era tolo para desperdiçar aquele dia de folga com coisas que não fossem os seus pensamentos.

No percurso, longo como sempre, não observou nada estranho a não ser fogos de artifício e bandeiras estendidas nas janelas. Será que era um dia festivo e ele não sabia? Não perdeu tempo com isso.

Pensava na castidade e de que maneira poderia compatibilizá-la com seus obscuros desejos, no que faria após a conclusão do curso de filosofia, nos retoques que daria à sua história, no sucesso que teria mais adiante. Caminhava acompanhado por sonhos otimistas.

Chegando ao pensionato, encontrou um clima de euforia:

— Pedro, derrotamos o comunismo ateu. Prepare-se, vamos todos à missa de ação de graças na Catedral, será oficiada pelo cardeal, auxiliado por cinco bispos.

Pedro começou a entender o que se passava. Nas conversas que se seguiram ao jantar ele juntou os pontos, encadeou os fatos e compreendeu o ocorrido. Apenas ouvia, não falava, não queria passar por ignorante. Quando se sentiu senhor dos acontecimentos, disse com solenidade:

— Eu estava no palácio do governador quando os tanques chegaram. Participei da nossa vitoriosa revolução.

— É claro! Os amigos de seu pai devem ter lhe contado o que preparavam.

Riu com modéstia. Não poderia dizer nada para não incorrer em erro.

Com mentiras e meias verdades ia aprimorando sua biografia. Dos dois votos que fez, só cumpria um, o de castidade, o outro, não mais mentir, era impossível de ser mantido.

Os colegas do pensionato compreendiam seu silêncio e admiravam sua modéstia. Ele sabia de tudo e não podia falar para não colocar em risco as operações.

— É do serviço secreto, observem os óculos escuros, disse com orgulho um colega.

Para os vitoriosos, em pouco tempo a vida voltou ao normal. As aulas foram reiniciadas com menos alunos do que antes, alguns tinham ido embora da cidade para não serem presos, suas ideias não eram compatíveis com as dos novos donos do poder.

Na faculdade, o isolamento de Pedro aumentou, olhavam-no com desconfiança. Os militares passaram a ser malvistos pelos colegas e ele era filho de um deles.

— Deve ser da polícia. Só policiais usam óculos escuros à noite, alertou uma colega, com desprezo.

Nunca um par de óculos foi tão importante para conceituar uma pessoa. Eles eram usados meramente para que não vissem seu olhar, ele poderia traí-lo, tornar público o que queria esconder.

Pedro conhecia o Evangelho de Mateus: "A lâmpada do corpo é o olho, se teu olho for bom, ficarás cheio de luz. Se teu olho for ruim, ficarás em trevas." O olho do Pedro não era bom nem ruim, ele usava instintivamente a escura proteção para não expor sua alma.

Julgamentos precipitados acrescentavam mais enganos à enorme relação que já carregava.

Começou a ter medo de a contrarrevolução acabar com a sua revolução. Pensou em amenizar sua participação. Não conseguiu. No antigo colégio, seus atos de coragem eram elogiados. Os moradores da vizinhança do pensionato vinham cumprimentá-lo. Transformava-se numa lenda.

Na primeira missa dominical após a vitória sobre o comunismo, oficiada pelo reitor, ele foi citado como exemplo de coragem e patriotismo. Na longa prédica só faltou dizer: "De onde menos se espera saem feitos surpreendentes."

Recebeu um bilhete da Shirley: "Estou orgulhosa de você: casto e sem medo de enfrentar o inimigo. Portou-se como um templário. A madre superiora quer que você venha contar como conduziu os tanques. Vença a timidez e apareça."

Assim é escrita a história, as ocorrências engrandecedoras, mesmo falsas, só são desmentidas pelos inimigos, o que pouco afeta sua credibilidade, afinal, esse é o papel dos adversários.

Na faculdade, não poderia dizer: "Eu não tenho nada a ver com o que se passou. Meu pai não era militar. Sou bastardo e alienado." Era tarde demais para substituir uma história por outra, apenas acrescentaria à imagem de direitista a de mentiroso.

Não tinha ninguém para expor os seus receios, pedir conselhos, tentar saber se o que aconteceu perduraria ou se era mais um golpe passageiro como tantos outros. Resolveu não falar mais sobre isso e deixar o tempo passar.

No sábado, foi ao cinema na Cinelândia, na saída, assistiu a um concerto sinfônico na escadaria do Teatro Municipal, em honra à revolução vitoriosa.

Nem a majestade do espetáculo, a grandiosidade da música, o entusiasmo da assistência, o heroísmo épico de Lawrence, personagem do filme que acabara de ver, lhe trouxeram coragem para contar a verdade, pelo contrário, ajudaram a sentir orgulho do que não fez.

A história dos tanques de guerra passou a ser a verdadeira, era muito boa para ser deixada de lado. Decidiu enfrentar todos os riscos.

Ao final do ano, colou grau. Presentes à formatura estavam apenas o responsável pelo pensionato católico e uma freira muito jovem. Contrastava com os colegas, que compartilhavam seu êxito com familiares e amigos.

O capuz, um enorme chapéu branco engomado com abas laterais, não impedia Pedro de observar a beleza e a pureza da sua antiga namorada, sentada na última fileira de cadeiras.

Ficou excitado. Pensamentos luxuriosos vieram à sua cabeça, tão intensos que a freira ruboresceu. Os dois sentiram a presença do pecado, pensaram no que não deviam pensar.

Ela cumprimentou seu herói com sobriedade, sem aperto de mão ou beijo no rosto:

— Pedro, parabéns. Meu pai gostou de saber de seus atos de coragem, comparou aos deles na Guerra.

Saiu discreta como entrou. O formando foi almoçar com os padres, que festejaram o novo filósofo católico.

Formado, não poderia mais morar no pensionato para estudantes. Mudou-se para uma pensão no centro da cidade, pagava mais que na antiga moradia e recebia serviço de pior qualidade.

Os quartos eram pequenos. Os da casa que deu lugar ao albergue foram divididos por tabiques de madeira, que davam privacidade ao que podia ser visto, mas não ao que era ouvido: tosses, roncos, gritos dos pesadelos ou das dores comuns aos velhos, rádios com som muito alto para alcançar ouvidos surdos. O banheiro, mais sujo do que limpo, causava repugnância a Pedro. A única refeição era um café da manhã que não valia grande coisa.

Os hóspedes, todos velhos, pareciam estar na última estação de suas vias-sacras. Pedro apenas os cumprimentava, não estimulava aproximações.

Comprava jornais e lia os anúncios de emprego, encontrava vários, nenhum era o desejado, aparentemente ninguém queria empregar um filósofo.

Estaria ele destinado à pobreza como Sócrates? Andaria perambulando sujo e descalço pelas ruas, conversando com os passantes? Seria recusado pela elite?

Envergonharia os colegas do colégio quando o encontrassem sentado nas escadarias das igrejas ou no portão do mercado municipal, meditando: "Vi aquele gaúcho estranho. Virou mendigo", "Não devia se esperar outra coisa do pobre coitado".

Ele queria ser respeitado como Aristóteles e não condenado à morte por corromper jovens, como Sócrates.

Tinha que trabalhar, suas economias dariam apenas para mais algumas semanas. As reservas estavam indo embora, gastava muito comprando livros em sebos, livrarias e camelôs, não tinha a motivação dos colecionadores nem a dos que buscam saber, queria tão somente comprar livros e o fazia de forma obsessiva.

Seu maior temor era ser despejado da pensão por falta de pagamento, não ter para onde ir e perder seus livros. Mesmo pouco lidos, eram a sua única companhia nessa transição de estudante a trabalhador.

Não querendo ser auxiliar de escritório, professor em curso primário, balconista, garçom, vigia noturno, servente de pedreiro, aceitou trabalhar como revisor de textos em um escritório de engenharia localizado no centro da cidade, perto de sua pensão.

Os sócios da empresa possuíam currículos impecáveis, davam aulas em cursos de pós-graduação nas melhores universidades e eram bem relacionados com os donos do poder.

Dentre os vários pretendentes à vaga, Pedro se destacou. Era jovem, com pouca experiência, mas o secundário concluído no importante colégio e o curso de filosofia em faculdade de prestígio o tornaram candidato imbatível.

Superou homens mais experientes, profissionais conceituados, demitidos de seus empregos por suspeitas ideológicas.

Assim se passa com as revoluções, golpes de estado ou usurpações: independente dos méritos e da utilidade à sociedade, os derrotados perdem a cabeça, a liberdade ou os empregos.

Além de preencher toda a qualificação, Pedro era revolucionário de primeira hora, não colocaria em risco a empresa.

Na entrevista causou forte impressão. Alto, sério, usando terno bem talhado (o da Torre Eiffel), expressando certezas e com relacionamentos que poderiam trazer mais contratos à empresa, não deixou dúvidas: o emprego era seu.

Encantou a todos falando do falecido pai, da presença na chegada dos tanques no Palácio Guanabara, dos riscos que correria se seu lado fosse derrotado: exílio, sumiço ou cadeia, da perda de sua amada para a Igreja (achava que jamais curaria essa ferida), da paixão pelos livros e assim por diante.

Cada um que falava dele acrescentava alguma coisa ou dava uma nova conotação ao que ouvira. Desse modo seus feitos foram aumentando. "É incrível a sua capacidade de ler." "Devora pelo menos um livro por dia." "Passa os fins de semana no Real Gabinete Português de Leitura." "Coitado, sofreu uma decepção amorosa." "Apesar da educação católica, tem a mente aberta."

O talento sobrepunha seu aspecto um tanto estranho. Os óculos escuros, usados dia e noite, não foram associados à luz, às trevas, ao bem ou ao mal.

Em poucos meses, passou de revisor a redator. Não havia o que reclamar. Pressentia que seu futuro estava mais para Aristóteles do que para Sócrates.

Ganhando mais, se mudou para um pequeno apartamento em frente à enseada de Botafogo. O imóvel possuía uma única peça: o quarto. A cozinha era embutida na parede junto à entrada, o minúsculo banheiro, com uma cortina onde deveria haver uma porta, era difícil de ser usado por alguém de corpo avantajado como ele.

Com a janela aberta dava a impressão de ser maior do que de fato era. A vista para a baía era belíssima.

Apesar da modéstia das instalações, pela primeira vez Pedro era régulo de seus domínios, dos seus trinta metros quadrados.

Nos dez andares do prédio se amontoavam mil e quinhentas pessoas. Famílias enormes, a maioria imigrante das regiões mais pobres do país, que se submeteriam a qualquer sacrifício para morar em um bairro nobre. Queriam se sentir bem perante os colegas de trabalho, que moravam nos subúrbios, e dar orgulho aos familiares que ficaram para trás.

Havia poucos apartamentos habitados por solitários ou casais sem filhos, os demais estavam sempre com as portas abertas, espalhando cheiros e ruídos, expondo intimidades e impingindo aos vizinhos a algazarra barulhenta das crianças.

Os corredores estreitos, mal iluminados, com paredes escurecidas pelo óleo das frituras, eram mais extensões dos apartamentos que lugar para caminhar. Dava para ouvir gritos, lamúrias, repreensões e choros, como o da menina do oitavo andar, atropelada por uma motocicleta.

A vida do novo morador sempre foi pautada pelo inusitado e pela perfeita delimitação de espaços, fosse a cama no internato ou o quarto na pensão, pela primeira vez via-se em meio à promiscuidade e à balbúrdia.

Pedro fazia o possível para se afastar do pandemônio. Mesmo mantendo a porta sempre fechada o que era produzido pelos vizinhos entrava pelas frestas e daí passava aos ouvidos e às narinas, só os olhos eram poupados do cotidiano miserável da vizinhança.

Quando saía, tentava andar rápido, esbarrava nos outros sem causar reclamações, todos se chocavam contra todos no pequeno e movimentado espaço, mais uma passagem entre bancas de uma feira do que um corredor. Descia pela escada, não valia a pena esperar o único elevador que funcionava dentre os quatro existentes.

Tão logo obtivesse aumento se mudaria, até porque não havia espaço para acomodar os livros que continuava comprando. Não cabia mais nenhum exemplar do mais fino deles. Estavam embaixo da cama, na cozinha, junto às paredes. Poderia parar de comprá-los e ler os que possuía, mas a compulsão não o largava.

Os livreiros admiravam seu amor à leitura, não sabiam que o amor era pelos livros e não pelo conhecer o que havia dentro deles, alguns exemplares eram repetidos e outros permaneciam embrulhados. Era feliz sabendo que lhes pertenciam.

Não sentia prazer no virar das páginas, no manuseio do papel, na interação mental com o autor, na beleza das capas, no folhear sem compromisso que estimula ou não a leitura.

Passou dois anos naquele lugar. Movimentava-se com dificuldade, saltando sobre livros, se esgueirando entre as pilhas, mantendo o pó e o mofo intocados em seus lugares.

Observou que as crianças da vizinhança estavam sempre sujas, encardidas. A água era racionada em toda a cidade, a pouca disponível era para cozinhar ou para banhos de assento.

Os meninos maiores iam à praia, onde era despejado o esgoto do bairro, brincavam no mar e voltavam para casa com areia no corpo. As mães os consideravam banhados e os mandavam dormir nas redes presas em dois andares de ganchos espalhados pelas duas paredes paralelas do apartamento, o que seria uma terceira era a janela. Em quase todos havia rodízio para repousar.

Pedro dispunha de mais água que os demais. Morava só, não cozinhava e, para as suas necessidades, preferia o amplo banheiro do escritório, tomava pouco banhos, dizia não ter o hábito por vir de terra de clima frio, como se vivesse na Sibéria, não havia por que não convidar os adolescentes chegados da praia a usarem o seu chuveiro.

Os meninos gostavam, faziam fila para entrar no banho. Logo se espalhou pelo prédio o ato generoso do estranho morador. As mães comentavam:

— O senhor do Sul é muito educado, ele convida os meninos para tomar banho em sua casa e ainda vigia o tempo todo para se limparem direito.

Naturalmente, as meninas não eram chamadas à higiênica visita:

— Ele não quer levantar suspeitas sobre suas intenções, diziam as mães.

Os pais aceitavam a colaboração do único gaúcho no prédio, o outro, um matemático, havia se jogado do sétimo andar na calçada, mas tomavam precauções: “Não deixe ele tocar em você!”, “Não feche a porta, se lhe passar a mão peça socorro!”, “Fui criado ouvindo que todo gaúcho é macho, o primeiro que conheço é baitola.”, “Ainda vou enfiar uma peixeira nele”

Comentários desse tipo passaram a ser ouvidos por todo prédio. Sem saber, Pedro passou a ser o tema de debates, discussões, brigas de casais, decisões violentas; quando se deslocava pelo corredor ou pelas escadas era olhado de modo estranho, agressivo. Não dava atenção: "Coitados, moram e se vestem tão mal que não contêm a inveja que sentem de mim."

Nos dois anos que passou redigindo relatórios aprendeu um pouco de economia, o que o habilitou ao passo seguinte:

— Nos pediram um nome para trabalhar na elaboração de planos econômicos para o governo. Você possui todas as qualificações exigidas. É uma instituição acadêmica prestigiada, lá ganhará mais do que aqui, se relacionará com gente de Brasília e terá oportunidades de subir.

E assim Pedro galgou mais um degrau em sua carreira.

Mudou-se para um apartamento de dois quartos em um prédio pequeno, com apenas seis apartamentos, em rua arborizada e silenciosa.

Nos primeiros dias, se dedicou à arrumação dos livros, que ocuparam todos os armários, menos os do banheiro e da cozinha. Não houve necessidade de colocar exemplares embaixo da cama, espalhados pelo chão ou empilhados junto às paredes.

No organizado ambiente, adquiriu um novo hábito: olhar títulos e autores de seu acervo. Percebeu que, além de decorarem o ambiente, poderiam servir para ocupar seus momentos ociosos.

Retirava qualquer um, lia algo sobre o autor, fechava e colocava no lugar; com o tempo, passou a se interessar pelas primeiras páginas, até que um dia gostou e, para sua surpresa, chegou ao fim do primeiro livro comprado por ele.

Os poucos vizinhos eram pessoas educadas, alguns se ofereceram para ajudá-lo a arrumar as coisas.

— Quantos livros. Alguns até repetidos.

— É para presentear. Pegue aquele sobre o positivismo no Brasil, comprei dois.

Notaram não haver utensílios de cozinha, nem mesmo para fazer café. Passaram a convidá-lo para as refeições. À medida que iam desvendando os mistérios de sua vida, ficavam mais encantados com ele. Omitiu a sua participação na revolução. Não perguntaram por sua família, não precisou falar do pai general.

Agora era um acadêmico respeitado, trabalhando em prestigiosa organização, homem de grande cultura, bastava olhar o seu enorme acervo de saber distribuído de modo organizado nas prateleiras.

No prédio morava um intelectual marxista, vivera na União Soviética por longo tempo, fora preso no começo dos anos 1950 e recentemente passara alguns dias na prisão. Perdeu o emprego e respondia a um inquérito por atividades subversivas.

Considerado inofensivo, foi logo libertado, tendo apenas o telefone grampeado e seus artigos filosóficos censurados.

Os vitoriosos não sabiam que na volta da União Soviética ele abandonara o "Partido". Trabalhava em casa fazendo traduções e escrevendo algumas coisas. Era visto com desconfiança por vencedores e vencidos.

Pedro queria conviver com os vizinhos, que achavam chique ter dois filósofos no prédio: um marxista e o outro apenas um filósofo. Em encontro social num dos apartamentos, abordado pelo comunista sobre seu modo de pensar, com ar professoral disse:

— Está fora de moda, mas admiro o positivismo. Gosto das ideias de Auguste Comte.

O filósofo marxista completou:

— Você é gaúcho, nada mais natural do que ser positivista.

Do mesmo modo que o vizinho não leu *O Capital*, Pedro não conhecia a obra de Comte. O saber dos intelectuais dispensa comprovação.

Ainda fez uma graça:

— Em algum dia o marxismo será apenas um verbete em livros de economia, mas eu continuarei a acreditar nele, como você acredita na sua fé. Bakunin disse que em uma hora, tudo sai de moda. Sairemos nós ou nossas ideias?

As senhoras, querendo mostrar intelectualidade, protestaram:

— Não diga isso, algum dia os homens serão livres e iguais. Sem grilhões que os prendam à ganância e ao individualismo.

Levantando uma taça de champanhe Cristal Brut, a dona da casa bradou com protocolar entusiasmo: "Viva Marx! Viva Comte!"

Entusiasmada com os aplausos, ordenou:

— Benedita! Benedita! Está ficando surda? Traga mais caviar.

— Está dificílimo arrumar boas empregadas: não querem trabalhar aos domingos, querem carteira assinada e por aí vai, completou uma convidada.

A mãe de uma das senhoras, que permanecia em silêncio, disse:

— Meu avô era positivista. Meu pai admirava algumas ideias da doutrina, mas como católico fervoroso, rejeitava a falta de Deus.

— Professor Pedro, o senhor é católico?

— Não, minha senhora.

A resposta guardava coerência com o que havia dito. Tomava sempre esse tipo de cuidado.

Passou dez anos nessa vida agradável. Procurava falar o menos possível sobre si para evitar contradições biográficas, agora era católico para os padres, revolucionário perante os colegas de trabalho, positivista e ateu ante os seus vizinhos, e um casto condutor de tanques de guerra para a Shirley.

Continuava a comprar livros, voltou a empilhá-los no chão, as prateleiras não tinham mais espaço. Assinava três jornais diários e uma revista semanal. Uma vez por semana uma vizinha mandava a empregada arrumar o apartamento, ela recolhia os jornais espalhados pelo chão, tirava o pó dos livros e levava a revista.

Relacionava-se bem com os colegas de trabalho e com os vizinhos. Frequentava cinemas, teatros e concertos. Alimentava-se bem, gostava dos restaurantes portugueses, comia muito e engordava. Pedro tinha magreza e altura suficiente para bem distribuir o peso adicional, mas ela se concentrou na barriga, ficou arredondado no centro e continuou magro nos braços, nas pernas e no rosto oval.

Tornou-se pessoa refinada. Conhecia os melhores restaurantes, dissertava sobre vinhos, faltava apenas conhecer outros países, para dizer como alguns colegas de trabalho: "Quando fui à Nova York no ano passado..." ou "Gosto de Paris, quando me aposentar viverei lá."

Sentia falta de outro tipo de companhia, queria expor seus sentimentos mais íntimos, falar da bizarra infância, da morte da mãe, do fantasma da avó, como não tinha namorada e os homens não estavam interessados nos seus assuntos pessoais, continuaria sem um confidente.

Tinha medo que descobrissem quem de fato era mesmo sendo pouco provável de isso ocorrer, a menos que de uma hora para outro topasse com algum antigo conhecido dos arredores da rua Cristóvão Colombo, seus segredos continuariam bem guardados.

Se alguém desvendasse e divulgasse o lado obscuro de sua vida, seria expulso do prédio, demitido do emprego, achincalhado pelos passantes, moraria novamente em pensões infectas e trabalharia como professor de português em algum cursinho preparatório aos exames do artigo 91.

Lembrava-se com nostalgia do fã-clube da cantora, imaginava-se desfilando no carnaval no Municipal com fantasia coberta de lantejoulas, recebendo aplausos, despertando paixões e ouvindo o mestre de cerimônias anunciar os grandes vencedores:

— Categoria luxo: Clóvis Bornay. Categoria originalidade: Lucrécia Bardot.

Seria a glória máxima a que poderia aspirar. Todos elogiando sua fantasia, com nome longo e exótico, a criatividade do pseudônimo, as fotografias nas revistas, conquistaria respeito e admiração dos frequentadores da Galeria Alaska em Copacabana.

Ao mesmo tempo em que gostava desse tipo de devaneio, o temia, poderia em algum momento se libertar da censura autoimposta, romper com tudo e fazer o que gostaria de fazer.

Nesses momentos rezava a todos os santos. Pedia que o curassem, implorava à mãe que o ajudasse, suplicava à avó para que se apiedasse dele e afastasse a possibilidade da morte ignóbil, inevitável, caso se entregasse à devassidão.

"Seja homem, Pedro!" não saía de sua cabeça, assim como o voto de castidade que fez perante Deus na capela do colégio. Desobedecê-lo seria fatal.

Sentia falta do banho nos meninos da antiga moradia. Enganava a si próprio achando que estava se esforçando para livrar aquelas crianças das doenças de pele, como dizia às mães.

Não havia adolescentes no prédio atual, os das cercanias eram limpos como eram limpas as praias que frequentavam. Achou prudente não sair catando meninos pobres pelas redondezas, trazendo-os à sua casa para lavá-los e devolvê-los à rua. Gente tão intelectualizada não entenderia seu ato caritativo.

Mesmo o filósofo marxista, aberto, segundo ele próprio, a novas ideias, o censuraria. Estava certo: sem diferentes classes sociais não haverá a luta que antecederá a chegada ao poder de seus camaradas.

Em Brasília foi empossado um novo governo. O chefe imediato de Pedro assumiu um ministério e o convidou a ocupar uma das secretarias. Aconselhado pelos colegas e pelos vizinhos aceitou o convite e partiu para a capital.

No trabalho, alguns falavam com inveja:

— Ele foi chamado porque o pai era general.

O reitor do antigo colégio disse que ia recomendá-lo ao cardeal.

O filósofo marxista alertou:

— Você servirá a uma ditadura, preserve-se, não abandone seus ideais nem macule sua história.

Que história? O amontoado de inverdades? Que ideais? Sabia não existirem, queria tão somente mostrar a todos, principalmente ao que restara de sua família, que ele era alguém respeitável. Deveria ser tratado com respeito e não com desprezo.

Ouvido o conselho, agradeceu e foi ajudar o pessoal da transportadora arrumar os livros no caminhão da mudança, que, além da preciosa carga, levaria uma dúzia de ternos costurados pelos melhores alfaiates, dezenas de camisas, muitos pares de sapatos, gravatas, lenços de linho e meias de algodão.

A chegada à capital lhe causou espanto. Enorme quantidade de funcionários comissionados em bons cargos veio ao aeroporto expressar o orgulho que teria em servi-lo e, naturalmente, manter suas gratificações, que ficam em risco a cada mudança de chefia.

Foi abordado por jornalistas que queriam aquele homem bem-vestido, com elegantes óculos escuros e que chamava o ministro pelo primeiro nome como preciosa fonte de informações.

O responsável pelo cerimonial do ministério pegou sua mala e o conduziu ao carro oficial, apresentou o motorista e mandou seguir para o apartamento funcional, em endereço nobre.

Nunca viu um apartamento tão grande. Mobiliado com o gosto duvidoso e eclético do serviço público: duas salas, um escritório, quatro quartos, cinco banheiros, dois pequenos aposentos de empregada e tudo mais necessário para acomodar uma enorme família.

Governos, em todas as épocas, em todos os lugares, são generosos com aqueles que se sacrificam pela pátria.

A secretária, bastante ansiosa, deu as boas-vindas e se apresentou:

— Sou Adionilda do Ribamar, para servi-lo.

— De ou do Ribamar?

— Do.

Respondeu séria. Quem seria o Ribamar?, inquiriu para si o secretário.

— A empregada se chama Josefa, é cozinheira de mão cheia. Veio do Maranhão com o antigo morador.

Dali seguiram ao ministério. Na falta de assunto e evitando fazer o deslocamento em silêncio, a secretária foi falando:

— Li o seu currículo. É extraordinário. Teremos muito a aprender com o senhor. Soubemos que estudou em Harvard. Por que não colocou nos seus dados pessoais?

Pedro percebeu que não poderia desprezar aquele comentário. Jamais no Brasil alguém pediu a comprovação de currículos, basta ter a coragem de afirmar e escrever algo para valorizar o ego ou para realizar um sonho não alcançado:

— Para não parecer vaidoso.

Disse com modéstia e permaneceu calado até chegar ao seu gabinete.

A secretária passava dos quarenta, não era bonita e a simpatia era forçada. A fala indicava ter vindo do Nordeste, a alegria nervosa, os lábios trêmulos, o esfregar incontrolável das mãos, o afastar com olhar raivoso os funcionários que tentavam se aproximar do secretário expunham claramente seus receios. Ganhava mais do que permitiam suas aptidões, viera com um importante senador que fora seu amante, não era mais, agora estava com uma jovem jornalista.

Sabia que ele nada faria para mantê-la no cargo onde a havia colocado, tinha muitos favores a pedir ao novo secretário para perder tempo com alguém que já deixara sua vida. Continuar com a polpuda gratificação dependia só dela. Sem saber, marcou ponto importante dizendo que o secretário estudara em Harvard. Intuitivamente, achou bom divulgar a descoberta, aumentando a satisfação do secretário para com ela.

O chefe do gabinete era um coronel da reserva, todos do alto escalão têm um servidor nessa posição e todos os coronéis da reserva tinham um emprego.

O militar era um homem de aparência mais velha que os de sua idade. Cara de poucos amigos, baixinho, magro, frustrado por não ter sido promovido a general, deslocado na vida civil, passava o dia sentado remexendo em papéis, sempre os mesmos. Nada de novo acontecia em sua vida desde que soube que não seria promovido.

Falavam que ele já tinha comprado a espada do novo posto. Sua enérgica voz de comando era dirigida duas ou três vezes por dia à sua secretária: "Traga o cafezinho!", "Ligue para minha mulher!", "Desligue o ar condicionado!" e outras de igual importância. Muito pouco para quem sonhou comandar soldados em guerra.

As boas-vindas ao novo chefe — ele não tinha o medo de perder seu posto como os demais — foram efusivas, citando detalhes marcantes da vida do secretário. Se conhecia o episódio da avó despencando do banheiro, de seu nascimento sem pai e sem milagre, da comunhão sem batizado, do banho que dava nos meninos, não mencionou.

Lembrou os pontos altos de sua vida:

— Soubemos dos seus vitoriosos debates intelectuais com o vizinho marxista.

— Como souberam disso?

— Professor, sou da área de informações. Acompanhamos a vida dos comunistas e dos criptocomunistas. Temos que nos precaver.

— Meu vizinho parece um homem inofensivo. Não vejo perigo nele.

— Professor, não há ex-comunista, todos precisam ser vigiados.

Ele tratava seus adversários como os médicos tratam os doentes sem possibilidade de cura, lembrando que se não tomarem cuidado, a qualquer momento poderão sofrer uma recaída.

O coronel pediu licença e foi rápido para sua sala, e de imediato encaminhou um informe à Agência Central de espionagem:

— O novo secretário tem um amigo comunista que viveu na União Soviética e esteve preso duas vezes. Demonstrou simpatia por ele. Acompanharei seus passos e os manterei informados. Não direi nada, por enquanto, ao ministro.

Dentre os funcionários, um chamou a atenção do recém-chegado: rapaz de uns vinte anos com estatura mediana, bem-arrumado, parecendo ter saído do banho, cabelo curto, circunspecto, mas simpático. À primeira vista, poderia ser classificado como intelectual. Era filho de outro militar, o coronel Douglas, que trabalhava na administração. O moço não tinha função definida no gabinete, apresentou-se como estando à disposição do secretário para tudo que se fizesse necessário.

Os olhos do Pedro brilharam, o rapaz respondeu com um sorriso discreto. Ele se chamava Alfred, não Alfredo, como seria de se esperar. O pai dizia ter ascendência inglesa.

Passou a ser companhia constante do chefe. Contou para seu pai.

— Cuide apenas para não se deixar influenciar por suas ideias comunistas. Pode não ser nada como pode ser tudo. Ele é intelectual, isso é perigoso. Pode ser apenas um liberal — estudou em Harvard. Seu pai foi do Exército, esteve na Guerra. O marxismo pode ser apenas um verniz. No fundo, penso que ele está do nosso lado.

Dava para perceber que sua informante era a secretária.

Mesmo dentro do governo, o país estava dividido em dois lados antagônicos. A neutralidade, embora não bem-vista, era aceita nas funções técnicas.

Dias depois, a secretária entrou animada no gabinete e, com entusiasmo, informou:

— A mudança chegou! Estou indo para lá para arrumar suas coisas.

— Irei à hora do almoço. Leve o Alfred.

O precioso acervo, mais de cinco mil obras, foi espalhado pelas salas. Pedro chegou quando o pó estava sendo tirado pela secretária, pela empregada e pelo Alfred Douglas. Sentados no assoalho, munidos de flanelas, limpavam a valiosa carga.

— Que maravilha secretário, quantos livros, em várias línguas. Haviam nos avisado que senhor era um sábio!

Disse a secretária com entusiasmo e logo começou a espalhar que o monoglota secretário falava cinco línguas, se tivesse algum livro em mandarim seriam seis.

Trabalharam duas horas e fizeram uma pausa. O secretário convidou o Alfred para almoçar. O chefe falou como nunca havia falado, exaltou seus próprios feitos religiosos, intelectuais, profissionais e bélicos. Sentia necessidade de impressionar o jovem, que passou a admirá-lo de imediato. Pedro gostou de ouvi-lo dizer que estudava filosofia e não tinha namorada.

Alfred morava com os pais, frustrados por ele não ter ido para a escola militar. Consideravam o filho perigosamente sensível. Sentiam-se aliviados com a designação para servir ao novo secretário, homem culto, com princípios rígidos, afastado das mulheres por questão de fé e de caráter.

— Jurou nunca mais ter outra mulher quando a namorada se recolheu ao convento, informou o filho.

— Como você sabe?, replicou a mãe.

— O chefe do gabinete me contou.

— O Serviço de Informações sabe de tudo, completou o pai.

— Você falou que ele era comunista, contestou o filho.

— Não! Disse que ele tem um amigo comunista, o que torna necessário vigiá-lo.

Em mais dois dias os livros estavam limpos e separados, mais tarde, a bibliotecária do ministério viria organizá-los em ordem alfabética por nome do autor, conforme determinou o chefe.

Os armários do escritório não foram suficientes para acomodar todo acervo. De um dos quartos retiraram a cama e tudo mais que não fosse útil à organização de uma biblioteca, colocaram estantes encostadas às paredes, no espaço entre elas puseram duas poltronas de couro, uma mesinha redonda com tampo de vidro e um abajur.

— Professor, o que faremos com os livros repetidos e com os embalados?

— Desempacotem, podem levar alguns, deixem separados os que sobrarem.

Deu dois para o Alfred, um para a secretária e alguns números de *O Cruzeiro* para a empregada, ficou apenas com os exemplares que mostravam os bailes de carnaval, desfiles de escolas de samba, concursos de fantasia e a coroação da rainha do rádio, alegou que neles estavam suas crônicas preferidas de David Nasser.

Não se cansava de olhar para a biblioteca, que até então não havia sido tratada com o respeito que os livros merecem.

Dava os primeiros passos na corte e já sentia as boas sensações dos recém-introduzidos nos centros de poder: seria eternamente importante e moraria naquele enorme espaço para todo o sempre, com todas as despesas pagas pelo governo.

Quando saíram, a empregada telefonou para o Serviço de Informações relatando sobre os livros. À tarde, um funcionário qualificado foi examiná-los. Precavendo-se de imprevistos, veio disfarçado de bombeiro hidráulico.

No meio da tarde, ligou para seu superior dizendo que a biblioteca tinha de tudo, inclusive alguns livros russos e um preocupante exemplar de *O Capital*.

A providência adotada foi grampear os telefones e aumentar o valor do agrado dado à empregada. As desconfianças começavam a fazer sentido e a vigilância apertava.

O poder, além de corromper, torna os mais bem aquinhoados paranoicos, principalmente os com mandato por tempo indefinido.

— Alfred, qualquer movimento suspeito me fale imediatamente. Não quero você cúmplice de um subversivo. Você já tem idade para saber como livros podem ser perigosos.

— Pai, ele é muito culto, gosta de ler sobre todos os assuntos.

— Filho, todos os intelectuais são perigosos. Fique atento. A revolução precisa de você. Ontem ele telefonou para o amigo marxista do Rio recomendando ler duas dezenas de páginas de certo livro. Estamos vendo se é um código. Se for, os dois serão presos imediatamente e contarão tudo o que sabem.

O filho não deu importância à desconfiança do pai e continuou convivendo com o secretário, ia à sua casa, liam e comentavam as leituras. O secretário viajava com frequência, sempre levando o auxiliar.

O pai apreciava essa relação, saberia de pronto de qualquer atividade subversiva praticada pelo chefe do seu filho. A proximidade era essencial, esses atos podem ser cometidos por pensamentos, palavras ou obras.

Após meses tentando decifrar o código contido nas duas dezenas de páginas recomendadas em *O triste fim de Policarpo Quaresma,* concluíram não havia nada capaz de desestabilizar o regime, mesmo contendo algumas ironias aos militares.

Chegaram a pensar em proibir sua publicação, confiscar e queimar os exemplares disponíveis em livrarias e bibliotecas, prender quem os possuísse e torturá-los para que indicassem outros leitores.

Pouco a pouco, foram deixando o secretário de lado, como deixaram o "Policarpo", se representava risco, era pequeno, além do mais, o Alfred estava sempre com ele.

Pedro, pela primeira vez, não temia nada, sentia-se seguro. No passado sempre receava alguma coisa, mesmo não sabendo o que era.

Não havia necessidade de se precaver de assédios femininos. Nenhuma mulher se aproximava dele: a secretária impedia. A empregada, com idade avançada, não o incomodava.

Àquele tempo eram escassas as mulheres em cargos públicos, quando via na sua agenda uma deputada ou uma prefeita pedindo audiência, ordenava à secretária:

— Peça ao coronel para recebê-la.

A intensa relação com o Alfred provocava alguns cochichos. No governo, o número de pessoas recebendo salário sem nada fazer é enorme, a ociosidade abre espaço para circularem boatos a respeito de tudo e aquela relação chamava atenção. O coronel chefe de gabinete chegou a falar com o coronel Douglas:

— Fique atento ao seu filho.

Como nada mais disse, deixou inquieto o pai, que completou:

— Alfred, você tem duas responsabilidades: uma com a pátria e outra com a família. Sou da Intendência, não pratiquei nenhum ato considerado de valor para a revolução. No começo, estive sob suspeita por haver comprado alguns gêneros alimentícios sem licitação. Minha esperança é você trazer algo importante, alguma coisa que possa abalar o regime, e aí seremos reconhecidos. Entendeu?

— Sim.

— O chefe de gabinete veio com insinuações maldosas. Afaste-se de conversas e leituras perigosas. Você caminha sobre o fio de uma navalha. Apenas observe o secretário, não se deixe levar por suas ideias. Seria a morte para mim e para sua mãe se você se bandear para o outro lado.

— Não se preocupe, pai.

— A única condecoração que tenho é a medalha de trinta anos de serviço. Mereço mais, e isso depende de você.

Pedro gostava de estar na companhia do rapaz, principalmente pelo seu jeito asseado, parecia tomar vários banhos por dia.

O assessor começou a se apegar aos livros, sempre que podia, passava horas na biblioteca com chefe, lendo, comentando. O discípulo emitia algumas opiniões e polemizava, para o agrado do mestre.

Chegaram a debater a obra de Oscar Wilde. Leram seus livros, discutiram e se imaginaram na Inglaterra vitoriana com seu progresso, seu vasto mundo, seu esnobismo, sua riqueza, porém, com mais liberdade para não passarem pelo sofrimento imposto ao escritor, caso houvesse um entrelaçamento maior entre os dois.

Dentre as atividades dos servidores destacam-se: tomar cafezinho, espalhar boatos e participar de reuniões.

As intrigas têm por objetivo afastar concorrentes na cansativa caminhada em direção aos melhores cargos com as maiores remunerações. As gratificações tornam todos invejosos. Os competidores tratam de descobrir defeitos nos adversários, se não existirem, são inventados.

O tempo gasto com isso é imensurável, frequentemente os participantes desse jogo são levados à exaustão. Muitos desistem no meio do caminho, resignados, aguardam as promoções por antiguidade e a redentora aposentadoria.

Reuniões são maneiras espertas de mostrar trabalho sem precisar trabalhar. Para cada crítica, cada reclamação, cada denúncia, cada pleito, é imediatamente organizado um grupo de trabalho para indicar alternativas de ação aos dirigentes maiores.

Não há ministério, repartição, nível hierárquico que não tenha seus ajuntamentos de pessoas discutindo, escrevendo, submetendo ideias à apreciação de alguém.

Se fosse possível olhar através das paredes, o visto seria semelhante aos formigueiros. Azáfama, incessante ir e vir, pessoas apressadas com pastas e documentos se dirigindo às salas onde debaterão importantes assuntos por dias, meses, anos. A única diferença é que as formigas estão produzindo alguma coisa para o bem do formigueiro.

Pedro era membro de uma comissão criada há mais de dez anos sem qualquer conclusão e, curiosamente, com a maioria de seus membros nomeados pelo presidente deposto.

Por sua posição, ele participava de inúmeros grupos de trabalho, reuniões interministeriais e conselhos, onde os mais variados assuntos eram debatidos. Invariavelmente, as decisões eram dar missões aos escalões inferiores, que repassavam para outros mais abaixo até chegar ao funcionário zeloso que produzia o relatório.

No percurso inverso ele era enriquecido com citações, lugares comuns, frases de efeito, providências fictícias, exemplos e conclusões, por fim, os chefes assinam, normalmente sem ler, assumem a autoria e remetem ao chefe maior, no caso do Pedro, ao ministro, que passa a um assessor direto para ler e dizer o que ele deve fazer com aquilo: arquivar ou mandar à frente.

Se o ministro esqueceu a razão daquele relatório, ele vai para o arquivo, caso contrário, é enviado à presidência da República, dali é remetido a algum assessor, que o coloca em uma imensa pilha de papéis a ler.

Quando alguém lembra daquilo, às pressas o assessor sugere submeter a decisão ao Senhor Presidente, que determina a identificação do responsável por aquela demanda, se for um aliado político, ele aprova, se não, manda arquivar, se for alguém que já teve alguma valia ou poderá vir a ser de alguma utilidade a resposta é polida:

— Enviei ao departamento jurídico. Em breve lhe darei notícias.

Os mais ingênuos ficam satisfeitos, os mais astutos pensam: "Nunca vi o jurídico devolver qualquer coisa em tempo razoável."

Em caso de atendimento à noite, os eleitores ouvem pela A Voz do Brasil que o presidente da República mandou construir a barragem, a estrada, a escola ou outra coisa qualquer pedida pela população de algum lugar.

O que não sabem é que longo percurso será seguido até que a obra comece, muitas décadas passarão até que ela seja concluída.

Pedro sabia participar de encenações e o fazia com competência.

Nos altos círculos governamentais, o poder se manifesta através de ordens emitidas pelas autoridades perante os pleiteantes, nenhum dos dois sabe que elas vão perdendo força no seu caminhar. Chegam cansadas ao seu destino, fracas, podem nem ser ouvidas, como as vozes de comando dadas em campo de batalha para soldados surdos pelo troar dos canhões.

Em cada mesa por onde passam, em cada escaninho onde repousam, em cada sala que entram, elas deixam um pouco da energia inicial. Participam de uma maratona, as mais fracas vão parando, andando devagar, se arrastando ou ficando pelo meio do caminho sem serem notadas.

As altas autoridades não detêm o poder que pensam possuir, embora sintam a sensação de domínio absoluto sobre suas determinações e sobre os papéis que enviam aos subalternos, o que é suficiente para inflar egos.

Em uma dessas reuniões, Pedro teve uma surpresa, não sabia se seria boa ou má. Ocorreu o que mais temia, encontrou um colega da infância e da adolescência.

Sentiu um calafrio. Não podendo sair correndo, fugir, demonstrou autocontrole:

— Carlos, você aqui. Que maravilha!

Não se viam há mais de quinze anos.

Pedro sabia que Carlos era discreto, mas a descoberta de alguém que conhecia seu estranho passado trouxe temores ao secretário. Sem saber se o reencontro lhe faria bem ou mal, convidou o amigo para jantar.

— Boa ideia, temos muito a conversar.

O secretário, ao contrário de outras vezes, conduziu a reunião de forma desatenta, era visível que pensava em fatos distantes daquela sala e daquele tempo.

Para encerrar os trabalhos, teve que receber o alerta de um auxiliar:

— Senhor secretário, podemos terminar?

— Claro. Obrigado a todos. Creio que avançamos bastante.

Nada mais disse: havia esquecido a razão de estar ali. Despediu-se do Carlos dando as indicações para o jantar.

Foi preocupado para casa: "O que quis dizer com temos muito a conversar?", "Serei chantageado?", "Ele falaria? Diria o que não deveria dizer?", "Arruinará minha carreira? Destruirá minha vida?" Dúvidas pertinentes que só o tempo poderia tirar.

Pela primeira vez desde a chegada ao poder, se sentiu inseguro, tinha medo de perder tudo que conquistara. Queria mas não conseguia se fixar no que falaria no jantar. Como seu convidado se comportaria? Seria impositivo, autoritário, ameaçador quando ele lembrasse o incidente da avó, o clube da cantora ou outra extravagância qualquer, ou pediria humildemente para que não falasse daquilo para outros, guardasse segredo?

Se abordasse o seu desagradável passado, poderia dizer: "Carlos, você enlouqueceu? Amanhã falarei ao seu chefe sobre sua insanidade e direi ao coronel que você é comunista. Ele entenderá. Só um comunista é capaz de repetir mentiras até que elas virem verdades." Dito isso, deixaria o jantar antes dele começar.

Não conseguia decidir entre a arrogância e a humildade, entre impor medo ou criar cumplicidade. Por mais que tentasse não visualizava o efeito que teria uma ou outra atitude.

Ameaçado, Carlos poderia reagir com coragem e mandá-lo para o inferno, vingativo, contaria tudo a todos. Caso aceitasse o acordo, seu cúmplice poderia chantageá-lo além do suportável.

Na ida ao encontro pensava no que fazer para não ser atingido por maledicências. Suava muito, parecia doente, febril. O motorista, observando pelo retrovisor, perguntou:

— Secretário, o senhor está se sentindo bem? Vamos voltar?

— Não, prossiga. É um mal-estar passageiro.

Avisou ao Alfred que ele não iria ao jantar, tinham muito a rememorar:

— Você se chateará.

O rapaz fez cara de amuo e foi para sua sala. Pedro tentou segurar seu braço e foi repelido. Desde a aproximação dos dois, era a primeira noite que ia a algum lugar sem sua companhia. Não gostou de deixá-lo apartado de sua vida, mesmo que por poucas horas.

O encontro com Carlos, ocorrido há apenas nove horas, no seu pessimista entender, promoveria o desmoronamento de uma vida criada a partir dos dezesseis anos por cima dos escombros de outra, que tinha que ser esquecida.

Pedro era feito de barro e fingia ser de pedra. Tudo faria para que o personagem criado para encobrir o antigo não soçobrasse.

Fosse qual fosse o preço a pagar, a peça que representava teria que continuar sendo encenada. Não sabia qual seria esse preço, e, ainda por cima, não tinha muitas alternativas para enfrentar adversidades, bastante diferente de Carlos, que tinha várias maneiras para eliminar o infame Aristóteles, apenas faltava coragem para executar o que arquitetava.

Alfred foi dormir na casa dos pais.

— O secretário encontrou um velho amigo e foram jantar.

— Como se chama esse amigo?

— Carlos.

— Carlos de que? De onde? Amanhã traga informações precisas. Temos que saber se ele é o elo entre o seu chefe e alguma entidade antagônica a nós.

— Não, pai. Ele é um desses técnicos que não estão de lado algum, nem mesmo no meio deles.

— Pode ser, mas é bom averiguar.

Para os dois, não havia outras ligações além das sabidas. Cada guri da Cristóvão Colombo e dos seus arredores foi para um lado, até onde sabiam, nenhum deles cursou uma faculdade. Tinham somente um ao outro para trazer o passado de volta antes que se apagasse de suas memórias, abrindo espaço às coisas mais recentes.

Pedro iniciou a conversa pedindo ao amigo que não contasse algumas passagens do passado:

— Coisas da infância.

Carlos não falou, mas a expressão de seu rosto deixou o interlocutor satisfeito, aparentemente, ele não dava importância às "coisas da infância".

Feito o pedido, passou a relatar seus feitos. Falou da vida no colégio do Rio, na faculdade, na sua participação na revolução, na descoberta da identidade do pai general, dos estudos em Harvard, da amizade com o ministro e outros poderosos. Procurava sub-repticiamente alertá-lo sobre os riscos que correria, caso fosse boquirroto.

Onde mais se estendeu foi no namoro com a Shirley, encerrado pelas razões conhecidas.

— Hoje estaríamos casados, criando os nossos filhos. Fazer o quê? Deus traçou o nosso destino, temos que aceitá-lo.

Sabia das suspeitas que despertara na infância. Seu contemporâneo tinha na lembrança os gritinhos de espanto, a exagerada emoção nos filmes românticos e o desinteresse nos de faroeste; sabia da peregrinação ao túmulo do padre que tudo curava.

— Namoramos por três anos. Ela era linda. De boa família, que aprovava o namoro e o nosso casamento. Exigiam apenas que terminássemos a faculdade antes de nos unirmos. Muito religiosa deixou se levar pelas freiras do colégio onde estudava e decidiu se tornar uma delas. Quando me comunicou sua decisão, nos abraçamos em prantos e nunca mais nos vimos. A última notícia que tive é que fora enviada para a África e acabou degolada no meio de uma guerra tribal: o martírio a canonizara.

— Eram canibais?

— Espero que não. Seu corpo não poderia ser maculado de forma tão horrenda. Jurei me manter fiel à sua lembrança e jamais namorarei outra mulher. Às vezes. sinto medo de romper a promessa, as tentações são inúmeras, me afasto delas e mantenho minha lealdade à Shirley. Você já amou com tal intensidade?

Carlos ficou calado olhando para o nada, pensou na Luiza e respondeu:

— Não, Pedro, nunca amei como você.

Mudaram de assunto, prometendo manter encontros frequentes.

Carlos agradeceu a carona e saiu caminhando pela noite, pensando na transformação radical na vida do mais esquisito menino da antiga vizinhança. Mudara completamente, era outro.

Pedro voltou tranquilo para casa. Gostou da conversa. Tinha certeza que o amigo seria discreto em relação ao passado e acreditara em tudo que ouviu. Não cometia enganos ao repetir aquelas histórias, elas se entranharam no seu cérebro, o salvavam de críticas, ironias e deboches, constituíam sua armadura contra as maldades do mundo.

Cedo, Alfred chegou ao apartamento do secretário. Ansioso, maldormido, sem a aparência de eterna limpeza, queria saber o que conversaram e sentir, sem perguntar, se ele seria preterido pelo amigo reencontrado.

Enquanto iam para o ministério, Pedro disse, satisfeito:

— Carlos ficou impressionado com o meu currículo.

— Ele é casado?

— É, casou logo que se formou.

Alfred ficou aliviado, não seria o velho amigo que roubaria o seu espaço.

Pedro crescia em importância. Era convocado a opinar sobre diversos assuntos, recebia as mais variadas comendas, não perdia jantar em embaixada, conhecia congressistas do baixo e do alto escalão, nas rodas militares era respeitado pela sua gloriosa ancestralidade, o clero católico se sentia honrado em recebê-lo, o próprio cardeal contava a seus pares os méritos do quase jesuíta, mencionava a opção pela vida estoica, o abandono das paixões mundanas e o voto de castidade: "Esse nunca nos decepcionará."

Já possuía quase todas as condecorações disponíveis, as colocava numa enorme caixa envidraçada sobre uma cômoda na sala de jantar. Quando as mostrava às visitas, elas teciam loas aos seus méritos, reconhecidos por todas as repartições públicas com comendas a distribuir.

Alfred lembrava a funcionários estaduais que o secretário ainda não havia sido condecorado naquele estado. Na primeira oportunidade, a falha era corrigida. Com orgulho, falava para o discípulo:

— Em breve teremos que encomendar uma vitrine maior.

Gostava de dizer ao pai que o chefe havia recebido mais uma honraria, sabia que isso o aborrecia. Era a única rebeldia do filho do coronel Douglas. Sutil, mas percebida pelo pai, que sofria por ter uma, somente uma condecoração burocrática, dada pelo regulamento e não por méritos a serem exaltados ou por feitos notáveis como os do secretário.

Na hora do almoço, falava irritado, quase gritando:

— Ainda vou descobrir que seu chefe é comunista.

Alfred percebia a explosão de ódio e inveja. Ficava satisfeito por tê-la provocado.

No final do ano, o secretário participou dos cumprimentos ao presidente da República, beija-mão que o colocava no patamar mais elevado que um burocrata pode aspirar.

Ao ouvir seu nome dito pelo ministro da pasta:

— Senhor presidente, Pedro Cardano, meu secretário. A autoridade maior apertou sua mão, brindou-o com um sorriso discreto e disse a frase padrão: "Conto com o senhor."

O fotógrafo oficial registrou o solene ato e o cerimonial, com gestos polidos, afastou o agraciado — a enorme fila não podia parar.

O abençoado afastou-se, em estado de graça. Nesse momento qualquer funcionário vai aos céus, são os trinta segundos mais importantes de sua vida.

Pedro, apressado, orgulhoso, ansioso, retornou ao ministério. A praxe determinava que os auxiliares mais graduados o esperassem em êxtase, arrebatados, ansiosos para ouvir detalhes da cerimônia. Falou para todos, com o olhar fixo no Alfred:

— O presidente elogiou meu trabalho. Eu disse que tudo se devia à nossa equipe. Ele apreciou minha modéstia e pediu para recomendá-lo a todos.

A secretária, enxugando lágrimas estratégicas, quase saltando sobre o chefe, pediu:

— Secretário, desculpe-me a emoção, deixe-me apertar sua mão antes que a lave. Posso?

— Claro, querida Adionilda!

Os auxiliares mais antigos fingiam ouvir aquilo pela primeira vez, entre sorrisos e expressões de satisfação cumprimentavam o vaidoso chefe.

Gozando dos apoios sólidos da Igreja, das Forças Armadas, do ministro e do próprio presidente, e os voláteis dos congressistas e dos empresários, estava com a autoestima em alta, mais do que nunca se sentia seguro, intocável, irremovível.

Caminhava com imponência, mantinha o corpo ereto, movido por passos vigorosos e ritmados, acompanhados pelo breve balançar dos braços. Era como caminhariam as estátuas, se pudessem se locomover de um canto a outro. Cumprimentava os funcionários com a solenidade benevolente dos bispos.

Contava tudo o que via, ouvia e fazia ao Alfred, que contava ao seu pai, que contava à sua mulher:

— Querida, o chefe do Alfred tem passado e presente ilibados, nunca foi nem nunca será comunista, dele não teremos algo importante para informar ao Serviço de Informações.

— Acho que o jeito é você inventar alguma coisa grave, capaz de abalar o regime.

— Como inventar?

— Informar que se encontra em marcha um atentado ao presidente ou que a ocupação da Amazônia pelos americanos é iminente e o secretário está envolvido. É só pensar um pouco.

Saiu batendo a porta. Perdeu a última esperança de ser útil aos seus ideais, de receber uma comenda, de ter alguma coisa importante para contar aos seus netos — os filhos do Alfred.

Não sabia por que os seus colegas de farda que trabalhavam no Serviço de Informações passavam por ele e diziam:

— Fique atento, Douglas. Há informes a respeito do seu filho. Abre o olho. Quem avisa amigo é.

Não se dava ao trabalho de responder, sabia que os que atuam na espionagem acabam desconfiando de tudo e de todos, e dizia para si mesmo:

— Ainda não descobriram nada subversivo na vida do secretário, nada que possa influenciar negativamente o Alfred e fazê-lo agir contra a revolução. São tão incompetentes que até hoje não sabem quanto ganhei com aquelas dispensas de licitação.

O secretário organizou um jantar em sua casa e convidou Carlos, que veio com sua mulher. Foram apresentados ao Alfred, viram as condecorações e os livros, comeram bem, elogiaram o vinho, falaram coisas triviais sobre a capital. O anfitrião comentou o interesse do Alfred pela leitura, profetizou um destino grandioso para aquele jovem calado, polido e asseado.

Na saída, a mulher do Carlos observou com sarcasmo:

— Os dois formam um casal apaixonado. O teu amigo é bicha.

— Lá vem você com suas conclusões precipitadas.

— Ora, você não viu a troca de olhares?

— O rapaz admira o Pedro.

— Não reparou as camas de casal nos quartos?

— Pedro é robusto, precisa de espaço, e as outras são para hóspedes.

Ela quis saber mais do Pedro. Ele foi contando. Falou dos meninos da rua onde morou na infância, da avó suspensa aos olhos de todos, da falta de um pai, dos vizinhos que maldosamente acreditavam que ele era bastardo, mais tarde, descobriram que seu pai fora um bravo, tombara combatendo o nazismo, da ida para o Rio, da mudança de comportamento, da paixão por uma jovem que virou freira, da opção pelo celibato, e, por fim, o menino esquisitão virou o homem destacado que é hoje. Não mencionou o fã-clube da cantora para não reforçar os argumentos de sua mulher.

Ouviu tudo e ficou calada. No primeiro encontro com casais amigos, disse:

— Carlos me apresentou um amigo de infância que não via há anos. Ele é fresco, vive com rapaz muito educado.

Aproximando-se o final do período de governo, explodiu um escândalo. Foi confirmado pelo Serviço de Informações o que todos desconfiavam. O coronel Douglas pensou em matar o secretário, limparia sua honra, mas perderia emprego e o apartamento funcional — desistiu. Alfred foi enviado para a casa dos avós em cidade distante.

O escândalo foi produzido pela repetição de ilações, um achou ter visto os dois abraçados no cinema, outro pensou que eram eles passeando no parque de mãos dadas, falaram do exagerado número de viagens que faziam juntos, um vizinho ouviu os dois declamando poemas em dueto: um era Romeu e o outro Julieta, noutro momento, um era Abelardo e o outro Heloísa.

Ilações, apenas ilações nada parecido com o ocorrido no armário do colégio, crime em local conhecido, com testemunha e confissão.

Pedro fez como os políticos que defendiam-se de graves acusações com frases como: "Os inimigos querem o meu cargo e me caluniam.", "O período de governo está terminando, essas intrigas são naturais.", "Jamais tive conta na Suíça."

O ministro repreendeu o chefe da área de informações:

— Coronel, sua missão é descobrir comunistas em nosso ministério. O senhor não deve perder tempo com intrigas.

— Senhor ministro, minha missão é árdua e fundamental para eliminar esses bolchevistas. Desculpe, mas fatos como esse colocam em risco a família brasileira.

— O senhor anda vendo fantasmas. Daqui a pouco me trará hipotéticos casos de corrupção como verdadeiros. Coronel, separe as intrigas das verdades insofismáveis.

— Senhor, cumpro a minha missão. Procuro subversivos até nos meus momentos de descanso. Passo noites e mais noites em porões sombrios apertando-os até que contem o que sabem. Vou além do meu dever. Nada, ninguém escapa de meu olhar atento.

— Eu ponho a mão no fogo pelo meu secretário.

Refletindo sobre a possibilidade de aborrecer o ministro:

— Creio que a culpa é do filho do Douglas. Pensando melhor, creio que o secretário foi vítima de um jovem sem escrúpulos, desprovido de freios morais e acobertado por pais omissos. Desculpe meu julgamento precipitado.

Não era prudente incomodar o ministro, que encerrou a conversa sem muita convicção na defesa que fez de seu secretário. Ele já suspeitava de algumas coisas.

O coronel sabia que coisas dessa gravidade acabam vazando. Urgia precaver-se.

Preparou um informe ultrassecreto ao Serviço de Informações: "O filho do coronel Douglas e seu chefe são amantes. Adotam as alcunhas de Heloísa e Julieta. O ministro não deu importância à gravidade do fato, sugiro informar ao Senhor Presidente. Aconselho remover o Douglas para um posto avançado na Amazônia e reabrir o inquérito da licitação suspeita. Atenciosamente, coronel Filinto Vargas (codinome Dr. Gregório)."

Pedro, mesmo ferido pela separação de seu pupilo, mantinha o garbo, dava ordens pouco obedecidas: aproximava-se a posse do novo presidente, dos novos ministros, dos novos secretários, dos novos diretores.

Qualquer descuido e lá se vão as preciosas gratificações e as promoções. Os funcionários passam os últimos meses de um final de governo especulando, se reunindo a portas fechadas, lendo nas entrelinhas dos noticiários, consultando tarólogos, cartomantes, videntes, tentando saber quem vem, quem permanece, quem sobe, quem desce. Em um dia estão eufóricos, noutro deprimidos.

O secretário, indiferente aos boatos e à agitação dos servidores, não tentava desfazer mal-entendidos para não manter viva a polêmica. Continuava gozando da confiança do ministro e isso bastava. No íntimo, sofria pela solidão e pela saudade. Sabia que para onde fosse a nódoa o acompanharia, a má notícia chegaria antes dele.

À noite, perambulava entre as monótonas quadras da cidade. A falta de ruas deixou a capital incompleta aos que buscam solução para seus problemas, inspiração para seus escritos, consolo para suas tristezas caminhando entre prédios, praças, parques, não que a cidade não os tenha, tem, mas tudo desconectado, cada coisa no seu lugar, um distante e isolado do outro.

O cardeal organizou um jantar em desagravo ao ofendido. Em curta alocução, comparou Pedro aos mártires da Igreja.

No domingo na missa que oficiava na capela de sua casa, fez um sermão sobre a inveja e o mal que ela faz às pessoas. Citou o livro de Jó: "A raiva mata o insensato e a inveja acaba com o imbecil." Concluindo: "Pedro não é um imbecil, não será destruído pelos invejosos!"

Na saída, o seleto grupo de fiéis beijou o seu anel e o cumprimentou pela absolvição do Pedro.

A maior prova que o episódio estava superado é que, finda sua missão governamental, ele foi convidado a ser diretor de uma grande empreiteira.

Novo presidente da República, novas caras, novos interesses. Carlos prosseguiu em outro cargo técnico. Continuava encontrando-se com Pedro, ainda abalado com perda do Alfred, em parte compensada pela polpuda remuneração e o vistoso cartão de visita de vice-presidente da grande empresa.

A nova sala era menor que a anterior, mas decorada com bom gosto. O apartamento mobiliado que alugou era pequeno, comparado com o do governo. Dois dos três quartos foram modificados, um virou escritório e o outro depósito de livros, colocados em pilhas. Não conhecia seus novos deveres, nem tratava de saber, esperaria as coisas acontecerem.

O primeiro momento foi fácil, passou pouco mais de um mês indo a posses. No Brasil, mudança de governo significa mudança de todo o governo. São realizadas milhares de demissões e de nomeações.

Apenas os lobistas amigos continuam fiéis, eles são, ao mesmo tempo, de direita, de centro e de esquerda, sabem que novos pactos serão feito e do dia para noite o adversário pode virar aliado ou vice-versa.

Sabendo como a capital funciona, Pedro foi a mais posses que o habitual àqueles que têm empregos como o seu. Sabia que se algum funcionário de nível inferior fosse esquecido, ele usaria seu pequeno estoque de poder para prejudicar quem o ignorou.

Esteve na investidura de pelo menos quinze ministros, de outros tantos secretários-gerais, de dezenas de chefes de repartições, quatro encarregados de receber e protocolar documentos, e de vários outros ungidos, que poderiam ser úteis mesmo que remotamente a quem o contratou.

O presidente da empresa compareceu a algumas dessas solenidades e observou o desempenho do seu novo representante, gostou da intimidade demonstrada com muitos dos empossados e a desenvoltura ao circular pelos espaços oficiais.

Tentou manter contato com Alfred, foi repelido. A dura fala do pai e as lágrimas da mãe provocaram mudança radical no rapaz, como se o milagre da cura pedida em distante romaria tivesse chegado e errado o alvo, atingindo-o em cheio e não o antigo mentor.

Certa feita, percorrendo os corredores entre as prateleiras de uma livraria, dobrando uma esquina, em meio a livros, os dois se enxergaram ao mesmo tempo. Pedro sorriu. O Alfred saudou-o secamente, incomodado com aquele encontro indesejável.

Apresentou a namorada e rapidamente se despediu, interrompeu a busca que fazia e saiu. Deu para sentir sua inquietação. Não teve o controle de Pedro, que mesmo impactado, conseguiu manter o domínio da situação, quem o visse não perceberia que aquele encontro mexeu com suas emoções mais profundas.

À distância, Alfred voltou a cabeça e viu o seu antigo chefe, mestre e amigo parado na porta observando-o se afastar. Os dois olhares demostravam saudade, perda, nostalgia, desilusão. Um conseguiu ler a mensagem que o outro mentalmente transmitia: "Perdoe-me.", "Compreendo."

Pedro pegou um livro, sentou em uma poltrona e ficou olhando as prateleiras, a elegante escada, as pessoas escolhendo o que comprar, fazendo suas leituras. Quieto, parecia não respirar, mantinha os olhos imóveis, fixos em um ponto invisível. Envolto pelo sacro silêncio que só existe nas catedrais e nas grandes bibliotecas, permaneceu mais de uma hora entregue a lembranças que só ele e o seu discípulo conheciam.

Alfred se vestia como um estudante: calças amassadas, camisa barata, sapatos avessos à elegância, cabelos compridos e desalinhados, barba descuidada, apropriada a um anarquista de qualquer século, e sem a limpeza habitual, se antes parecia tomar vários banhos por dia, agora dava para perceber que eram poucos por semana.

O rápido encontro fez mal a ambos, talvez mais ao Alfred, Pedro sabia que as paixões vão e vem.

Observando a solidão do bem remunerado vice-presidente, suas colegas do trabalho promoviam reuniões sociais para ele conhecer amigas solteiras, viúvas, separadas, abandonadas, divorciadas, desiludidas, mas esperançosas de em algum momento achar seu companheiro. No passado, a prioridade fora o amor, agora era simplesmente a busca de um antídoto para os solitários fins de semana.

Pedro aceitava todos os convites — uma maneira de se proteger de maledicências. A última coisa que queria era a repetição da desagradável boataria passada no ministério, agora não teria o apoio de ministros nem de clérigos de alta hierarquia. Não detinha mais poder, tinha bons relacionamentos, mas ninguém estaria disposto a salvá-lo de um novo escândalo. O cardeal seria o primeiro a dizer:

— Mea culpa, mea máxima culpa. Enganei-me com o Sr. Cardano.

Nesses momentos, era cordial com as mulheres, mas passava o tempo todo conversando com os homens, procurava algum jovem bem-apessoado e não encontrava. As colegas de trabalho atribuíam o desinteresse à má qualidade do que apresentavam e comentavam entre si: "Ele é muito exigente. Quem conheceu a sua namorada no Rio diz que era belíssima."

Do mesmo modo que ninguém abelhudou a veracidade do seu currículo, ninguém viu a Shirley, apenas ouviram falar que ela existiu e, como fazem os escritores, vestiram a personagem até ela se tornar o que desejam, daí o qualificativo "belíssima" dado à desconhecida namorada.

O desempenho do vice-presidente era amplamente satisfatório, seus superiores chegaram a perguntar de onde vinha tanta familiaridade com seus deveres. Esqueciam que boa parte de seu tempo no ministério fora tomado por lobistas. Observou e aprendeu tudo, principalmente as falas sutis ao abordarem os mais escabrosos esquemas. Não sabiam que estavam criando um concorrente.

Pedro participava de reuniões com colegas de empresas congêneres para decidir quem ganharia as próximas concorrências, como afastariam os que não participavam do cartel, quais exigências colocariam nos editais, que nomes escolheriam para compor as comissões de licitação, como agir para defenestrar funcionários insensíveis às suas abordagens, que presentes dariam nas festas de fim de ano e nos aniversários, quais as cidades europeias que os poderosos gostariam de conhecer, como organizar agendas incluindo os melhores restaurantes, as mais caras compras e os mais luxuosos hotéis, tudo sem qualquer ônus ao viajante e seus convidados.

A falta de poder provocava nostalgia ao competente lobista, poder que ele pensava ter. Na prática, o que fazia, além de participar de reuniões, solenidades, almoços e jantares, viagens, era atender pessoas que não conhecia e que nunca mais veria.

Recebia e prometia tudo que pediam, se pedissem uma viagem à lua ele mandava providenciar. Esse comportamento o rotulava como habilidoso e o qualificava a cargos mais elevados. O poder que agora detinha era proveniente de antigos relacionamentos e dos atos generosos que praticava, não mais da capacidade de ordenar, nomear, demitir, influir em decisões, intimidar, cobrar providências, falar o que bem entendesse nas reuniões que presidia.

O cartel se reunia também para definir ações políticas, traçar estratégias, estabelecer prioridades, escolher candidatos a cargos nos três poderes, decidir quando começariam espalhar infâmias sobre determinado ministro e quando levariam sua solidariedade a ele, ao mesmo tempo, discutiam quem escolheriam para substituí-lo, quais parlamentares apoiariam a escolha, quais jornalistas escreveriam elogios ao escolhido.

Como num teatro de marionetes, nos centros de poder quem movimenta os bonecos é invisível à plateia.

A partir da decisão coletiva, cada empresa cumpre o ritual de modo independente, hipotecando solidariedade à vítima. O alvo das denúncias agradece o apoio e demonstra perplexidade com a competência da oposição:

— Eles sabem onde, o dia, a hora e o valor dos "custos políticos" que vocês depositaram na Suíça. Imagine! Até o nome daquelas meninas que iam ao meu hotel eles conhecem.

— O pior, ministro, é que a imprensa acolhe essa sordidez toda. Conte com o nosso apoio.

O pobre coitado não se dá conta que, pela negligência, pela vaidade, pela falta de lealdade aos empreiteiros e seus representantes, se tornara um estorvo, precisava ser removido, afastado com desonra.

Em uma dessas reuniões, Pedro foi apresentado a um rapaz com vinte e poucos anos, ex-assessor de um ministro recentemente demitido, trabalhava em empresa como a dele, auxiliando um velho lobista surdo e desatualizado em nomes e cargos, mas com enorme experiência acumulada ao longo de quarenta anos no ofício.

No intervalo para o cafezinho ele e Pedro se apresentaram. O jovem magro, alto, alourado, elegante, bem-vestido, muito educado e asseado, impossível não ver que se tratava de pessoa que valia a pena conhecer, chamava-se Troilo de Taunay y Taunay e era filho de um diplomata aposentado. Trocaram endereços e se despediram.

As colegas do escritório lembraram ao vice-presidente:

— Pedro, organizaremos uma festa no sábado, não deixes de ir, você vai gostar, dessa vez irá muita moça bonita.

— Lamento, mas tenho um jantar. Não poderei ir.

— Ele não irá, deve estar namorando.

A conversa foi ao seu gosto: literatura, cinema, teatro, lugares dignos de serem visitados, chegaram a combinar uma viagem à Europa nas férias. Pedro dormiu como não dormia desde o afastamento do Alfred. Cedo, ligou para o novo amigo convidando-o a almoçarem juntos. O convite foi prontamente aceito.

Dessa vez, trataram de se conhecer melhor. Pedro falou de si e soube que o novo amigo falava várias línguas, era graduado em idiomas exóticos, versado em poesia medieval e tocava alaúde.

Ao contar as qualificações do amigo ao seu pai, o velho embaixador logo disse:

— Traga-o, quero conhecê-lo, nos dias que correm trata-se de um tipo raro.

Recebeu os dois para o café da manhã no jardim de sua residência. Vestia robe de chambre de seda sobre pijama do mais fino algodão egípcio, calçava pantufas cor-de-rosa e meias da mesma tonalidade. O vestir, os gestos e o falar afetado indicavam que o filho saíra ao pai:

— Muito prazer, Embaixador Archibaldo Taunay y Taunay. Por favor, se sente. Houve um ilustre matemático em Pisa chamado Cardano, vem a ser seu parente?

— Provavelmente, minha família é originária dessa região.

O anfitrião morava só, fora abandonado pela mãe de seu filho quando ele tinha oito anos. Ela partiu com um colega do marido, foi morar no exterior e nunca mais deu notícia.

Em que pese o horário, os convidados estavam vestidos com o aprumo exigido aos lobistas, dali sairiam para seu estafante trabalho.

Troilo dissertou sobre os méritos acadêmicos do convidado: é filósofo Tomista (Pedro não sabia), concluiu o mestrado em Harvard ("Espero voltar para fazer o doutorado"), possui cinco mil e setecentos livros ("Um pouco menos"), estudou com os jesuítas.

— No mesmo colégio que o senhor.

— Bom colégio, más recordações. Saí de lá no começo do clássico, em 1950, não suportava a disciplina, um horror!

Pedro lembrou a imprudência verbal do velho padre: "Sodomia!"

Foram servidos por mordomo jovem, alto, atlético, impecavelmente uniformizado.

— O Asdrúbal me serve há mais de dez anos, ele é maravilhoso, essa pantufa é presente dele.

Como convém aos bons serviçais, comportou-se como se fosse invisível, cumpriu seu dever e se retirou em silêncio.

Pedro não encarava mais seus feitos como invencionices, de algum modo, o que contava considerava coisa ocorrida. Se no início eram criações da imaginação, com o passar dos anos viraram verdades — assim ele as sentia e transmitia.

Pedro não era mentiroso, era obediente aos comandos que liberavam de sua mente feitos notáveis e escondiam os de triste lembrança.

Proezas, títulos, cargos e glórias reais ou imaginárias se acomodavam no inconsciente e o protegiam das ocorrências desagradáveis da infância.

As colegas perceberam que o vice-presidente estava apaixonado, tinham curiosidade em saber quem era a felizarda.

A aproximação entre os dois foi tão rápida que tiveram que ser prudentes.

Lobistas são pessoas realistas, conhecedoras do que há de pior na alma humana, cínicas, sem polimento, vulgares, comportam-se com civilidade nas abordagens iniciais a seus alvos, tão logo estreitam as relações, mudam suas atitudes: não chocam ninguém. As autoridades também deixam de lado as posturas ensaiadas e assumem seu verdadeiro caráter.

Os dois amigos participavam das reuniões, opinavam, sugeriam e aprovavam as decisões. Adotavam o comportamento deles esperado, afinal, no mundo da política e dos negócios escusos as representações se adaptam ao momento.

Os roteiros são flexíveis e os papéis se alteram à medida que a peça se desenrola. Um personagem austero, no começo pode ser o bobo da corte, no final, sóbrios tornam-se ridículos, incorruptíveis viram desonestos, pudicos aderem à devassidão.

A única verdade é que ninguém melhora no decorrer da encenação. Somente os que conseguem a proeza de se adaptar ao papel do momento sobrevivem e continuam em cena.

Carlos ocupava uma função desimportante quando foi chamado a coordenar um projeto que envolveria grandes investimentos.

Em reunião do cartel, o assunto veio à baila:

— Será um contrato valioso, ele tem que ser nosso. O encarregado, um tal de Carlos, quer abrir uma concorrência internacional. Temos que impedir. Isso derrubará os preços. Algum de vocês conhece esse sujeito?

— Eu conheço, é meu amigo.

— Ótimo. Pedro, faça uma visita a ele. Sensibilize-o. Faremos de tudo para levar essa obra.

— Pedro, que bom vê-lo. Precisamos repetir os nossos jantares.

— É claro! Gostaria de apresentar meu colega, Troilo de Taunay y Taunay.

A sondagem permitiu sentir as boas intenções e a ingenuidade do interlocutor.

— Pedro, não abrirei mão da concorrência internacional. As empresas nacionais cobram quarenta por cento a mais para fazer a mesma coisa. Como elas querem esse contrato, baixarão os preços e executarão os trabalhos.

O cartel não gostou do que ouviu, o líder expressou a indignação dos demais:

— Se perdermos para alguém de fora, estaremos desmoralizados. Quem levará a sério nossos compromissos? Nossa palavra? Você não deveria ter levado Troilo, um desconhecido para ele. Procure-o novamente e ele se abrirá. Proponha três por cento, podendo chegar a cinco, não se esqueça de que, desencadeado o processo, teremos que remunerar uma dezena de pessoas, a começar pelo chefe dele, o governador, e reservar algum para nós.

Marcaram o encontro, conversaram amenidades, lembraram coisas boas do passado, somente na sobremesa o assunto foi tratado de forma objetiva. Pedro foi direto aos cinco por cento, dizendo que um era para ele e quatro para o Carlos.

Reuniu o cartel, contou seu feito e aguardou os cumprimentos.

— Fiz a proposta de três, ele se mostrou irredutível, aceitou cinco.

— Excelente, Pedro. Ficará caro, o sobrepreço será pelo menos vinte por cento. Vamos comunicar aos nossos patrões, ao governador, aos aliados no Congresso. A assessoria de imprensa deve preparar uma nota elogiando a decisão tomada, ressaltando a preservação de interesses e empregos brasileiros.

— Vamos começar a promover esse sujeito, falou o decano, o velho surdo.

No fim da semana, estupefatos, leram uma entrevista do Carlos justificando a concorrência internacional, ressaltando a importância da redução dos preços.

Passados quatro dias, Carlos foi chamado pelo governador:

— Tenho pensado muito em como estou subutilizando o seu talento. Vou promovê-lo, você será meu secretário para assuntos internacionais, precisamos divulgar nossas belezas e negociar novos financiamentos externos. Gostei muito da sua entrevista, principalmente na questão da redução dos preços. Parabéns.

Carlos entendeu, agradeceu, prometeu empenho e se pôs a conhecer o mundo. Pedro foi repreendido pelo cartel, pelos patrões e não foi mais ouvido. Permaneceu onde estava para não promover alguma vingança, ainda tinha amigos poderosos e informações importantes. Tão logo assinassem o contrato, ele seria demitido.

Procurou Carlos, pediu desculpas, dizendo que entendeu mal seu aceno de cabeça, interpretou-o como aprovação ao proposto. Ambos sabiam que ali acabavam as suas carreiras.

O cartel não queria um embusteiro em seu meio, sua presença o desacreditaria perante os governantes, e esses não queriam conviver com um auxiliar tão desprovido de sensibilidade política.

Pedro sabia que seu destino estava traçado. Nos jogos do poder não há espaço para gente desatenta. Carlos pensou deixar o serviço público e fazer algo mais sério, mas acabou ficando onde estava.

O mal-estar causado foi divulgado a todos os governantes, se transformou numa lenda, num mau exemplo, ele jamais foi chamado a decidir assuntos importantes ou desimportantes.

Em certa ocasião, Carlos pediu notícias da família ao Pedro. Suas feições mudaram, a expressão cordial se transmudou, ficou estranho, parecia acometido por sofrimento intenso, seu rosto se contraiu, expressando desgosto, dor e ódio. Com rispidez, respondeu:

— O que lhe interessa saber daquela gente?

O amigo percebeu ter tocado em algum ponto dolorosamente sensível.

Minutos após a dura resposta, sem pedir desculpas, Pedro retornou ao estado anterior e começou a falar. Falou sem parar, sem vírgulas, sem pontos, perdia o fôlego, se recuperava e retomava o monólogo. O que o engasgava há tantos anos precisava ser contado e esse era o momento, não podia deixá-lo passar, poderia não haver outro. A discrição do Carlos estimulava o desabafo.

Lembrou passagens da infância: a criação sem amor, as punições por pecados desconhecidos, ser despachado para longe não para ter melhor educação, mas para se livrarem de sua incômoda presença. Não sabia por que envergonhava sua família.

Deu para sentir que a maior mágoa não era pelo seu nascer indesejado, mas por algo que não conseguia identificar.

— A minha avó, moribunda, disse para eu ser igual ao meu tio, para eu ser homem. Se eu não a obedecesse teria morte infame. Nunca entendi o porquê de tanto rancor. Ela sabia que eu era homem e que jamais seria contador. Suas últimas palavras foram coerentes com sua vida: dominada em todos os minutos pelo desamor, principalmente a mim.

Nesse ponto parou de falar, quando se recompôs, os olhos sem lágrimas expressavam apenas ódio. Anos de mágoas irromperam, saíram de sua alma — nela estão guardadas as amarguras. É possível que Pedro não viesse a ter em sua vida outra explosão como aquela. Despejou ante o confessor toda a angústia, toda a tristeza, toda rejeição dos trinta e poucos anos anteriores.

Contou que o velho proprietário morreu e a casa de ferragens foi fechada. A intenção dos herdeiros, os sobrinhos, era mantê-la aberta, colocando seu tio como dirigente maior.

Para efetuar a passagem de comando, contrataram uma firma de auditoria que verificou os livros contábeis dos últimos três anos. O achado pareceu estranho às boas práticas, retrocederam mais três anos, mais três, e assim foram até mais de trinta anos, chegaram à época em que foi contratado o novo contador para substituir um anterior que havia se aposentado.

Nos primeiros anos, os registros eram impecáveis, ele conhecia sua arte e a manejava com seriedade e honestidade. Adquiriu a confiança do patrão e percebeu que havia um enorme espaço para aumentar seus ganhos. Sem que desconfiassem, tornou-se sócio secreto da firma.

Estava desfeito o mistério da súbita elevação do padrão social da família, da mudança para o prédio com elevador, da compra de utensílios que só os ricos possuíam.

Todos os dias, fazia pequenas alterações nos valores das compras e das vendas no livro-caixa. Se a secretária não guardasse as notas de todos aqueles anos jamais o desfalque seria descoberto. Ele assumiria o comando da empresa, diria aos novos proprietários que, para fazer economia, continuaria sendo o contador. Seria elogiado e lá ficaria até morrer. O ocorrido jogou num lamaçal o homem respeitado, religioso e, até então, a maior referência moral da vizinhança da rua Cristóvão Colombo.

De admirado passou a execrado, sua presença contaminava o ambiente. Pararam de cumprimentá-lo e de citá-lo como exemplo para os jovens.

Os novos donos propuseram um acerto antes de demiti-lo: não chamariam a polícia nem o levariam aos tribunais se ele transferisse todo o seu patrimônio para eles. Generosamente, deram trinta dias para entregar as chaves da moradia.

Aceitou o acordo. Levaram o apartamento com tudo que havia dentro e o Simca Chambord 1965. O único automóvel de luxo das redondezas, orgulho da família, modelo antigo, mas impecável, parecia novo. Quando saíam para passear nos fins de semana, despertavam inveja à vizinhança. Só deixaram o antiquado rádio de ondas curtas.

O amor-próprio da pequena família foi reduzido a nada, absolutamente nada, o pouco que lhes restava se foi com o carro arrestado.

O momento era desanimador, o chefe da casa sem idade para conseguir um emprego e sua mulher com um impertinente reumatismo que a tornou inútil para cumprir suas obrigações.

Passaram a lançar culpas um nos outros, acusavam-se mutuamente pela hecatombe. Não havia espaço para alianças ou armistícios.

Pobreza, vergonha, rancor, malquerer, ressentimentos misturados no pequeno espaço que ocupavam tornou-se uma combinação que acarretava mais dissabores.

Viviam em uma casa de madeira com um quarto, construída nos fundos de outra que dava para rua não calçada e sem iluminação. Chegaram com três malas e o rádio.

O bairro era pobre e distante de tudo. Não deram o endereço para ninguém. Queriam ser esquecidos. Quando saíam tinham a sensação de estarem sendo observados. Andavam de cabeça baixa. Na missa dominical sentavam no fundo da igreja.

Antes da mudança, se confessaram com pároco, que já conhecia os malfeitos, não queriam que o padre da nova paróquia soubesse de seus pecados. Chegaram purificados pelo arrependimento e pelo perdão.

A segurança e o conforto se converteram num viver miserável, sem presente e nem futuro, só havia o incômodo passado, lembrá-lo provocava depressão. Tratavam de esquecê-lo.

Atingiram um ponto em que simplesmente aguardavam o desfecho de suas existências, proibidos de sonhar.

A senhora chegou a sugerir uma romaria à sepultura do santo que tudo resolvia. O marido, com o fiapo de autoridade que restava, desestimulou a piedosa excursão:

— Seria perda de tempo, até hoje ele não curou o Pedro.

A harmonia da família vinha da liderança ditatorial do homem da casa, com ele enfraquecido e desmoralizado, as mulheres se acharam no direito de acabar com a hierarquia: destituíram o autocrata, mas não assumiram o comando, só pioraram as coisas. Não estavam habituadas à troca de ideias e à busca conjunta de soluções. Apenas sabiam obedecer.

A moça ficou tão gorda quanto a avó, a pele gordurosa guardava as marcas das espinhas da adolescência, bigoduda, míope, desengonçada, nada atraente a olhos masculinos, por menos exigentes que fossem. Jamais recebeu um afeto, uma flor, uma aproximação masculina.

Mesmo fora da idade recomendada, pedia a Deus um filho, que poderia ser concebido nas condições desprezíveis que produziram o seu primo.

Cursou a escola normal, nível máximo de estudo permitido por seu pai, que sabia muito bem que lugar de mulher é no lar. Viviam do salário da professora primária. Seria difícil arranjar emprego para um contador demitido por fraude.

A notícia se espalhou entre os da sua profissão, a própria firma de auditoria a divulgou no intento de manter a atividade respeitada. O conselho profissional cassou o seu registro e recomendou não mais usar o anel róseo, que acabou no penhor da Caixa Econômica.

Ganhava algum dinheiro fazendo declarações de renda. Deixava um cartão de visita embaixo das portas oferecendo seus serviços, não mencionava seu nome, alguém poderia descobrir que ele era o contador fraudador.

Sabedores do sucesso do Pedro, pensaram em falar com ele, pedir desculpas, se ajoelharem, caírem aos seus pés implorando ajuda, mas não sabiam onde encontrá-lo. Quando falavam dele alternavam rancor com autocomiseração.

Pedro, acostumado a não ter família, não procurou saber mais notícias dos parentes, o que contou ao Carlos eram as últimas informações que tinha. Melhor assim, certamente elas seriam cada vez mais desanimadoras e poderiam despertar alguma piedade onerosa.

Carlos continuou na capital, nunca mais foi convidado para cargo algum. Pedro e seu amigo Troilo foram para o Rio morar em Copacabana num apartamento de fundos, andar baixo, impenetrável ao sol, com dois quartos, era o que Pedro podia pagar com o salário de professor em uma faculdade não longe de sua moradia.

Deixou de frequentar o antigo colégio, os padres ouviram rumores sobre sua devassidão. A instituição acadêmica que tornou possível sua ida à capital passou a rejeitá-lo quando soube que se tornara lobista. Os intelectualizados vizinhos do prédio onde morou mal recordavam dele. Amigos e leais servidores estavam muito ocupados em se tornar amigos e leais servidores dos novos chefes.

Era lembrado com saudade apenas pelas mães do edifício onde dava banho nos meninos.

O lugar onde morava era desestimulante ao bem viver, parecia com o edifício dos apartamentos pequenos e das famílias grandes.

Logo começou o falatório sobre o "casal", o que desagradava Pedro, mas não seu companheiro.

Os moradores mais liberais olhavam a dupla com naturalidade, os mais simples sentiam orgulho por terem vizinhos vindos da capital, a maioria, no entanto, considerava uma vergonha a presença deles em prédio familiar.

Troilo, sem muita vontade, fazia algumas traduções, que entregava sempre depois do prazo combinado. Ganhava pouco e não expandia sua clientela. Ia à praia, cheirava alguma coisa que lhe dava bem-estar seguido de depressão. Dormia muito, deixou o cabelo crescer, engordou e adquiriu desagradável aparência descuidada.

Falta de dinheiro, desleixo, desconforto, ausência de perspectiva fez com que passassem a viver do mesmo modo que qualquer casal nessa situação: brigas, ofensas, culpas recíprocas, indiferença.

Troilo saía sem dizer aonde ia, voltava dias depois em estado lamentável, era repreendido e só piorava as coisas. As juras de amor foram trocadas por palavras ácidas. Só um milagre salvaria aquela união que havia sido tão afetuosa e elegante.

Os livros voltaram a ser jogados em qualquer lugar. A organizada biblioteca ficou para trás e com ela os colóquios intelectuais entre os dois. Pedro só adquiria livros em sebos, não tinha dinheiro para comprar novos, alguns chegavam empoeirados, mofados, com capas ensebadas.

Mais velho, mais sofrido, mais desamparado, tentava reaproximações:

— Querido, podíamos procurar Abelardo e Heloísa no meio dos livros e lermos juntos como antigamente.

Recebia em troca um olhar com sarcasmo e desprezo:

— Você é um idiota romântico, levaríamos semanas para achar alguma coisa nessa esculhambação, seria melhor procurarmos o livro de Mary Shelley: eu seria Victor Frankenstein e você Elizabeth.

Magoado, o "idiota romântico" não conteve as lágrimas, provocando deboches do companheiro.

Troilo desenvolveu rinite alérgica, espirrava de dia e roncava à noite. Amaldiçoava o acervo literário que só fazia aumentar a população de ácaros. As aquisições recentes eram colocadas sob a cama do casal, eliminando a possibilidade de qualquer romantismo entre os dois.

Na praia, Troilo conheceu um embaixador aposentado. Elegante, uns sessenta anos, caminhar leve, sempre bem-vestido, gestos afetados, voz suave, educadíssimo, morando em amplo apartamento de frente para o mar.

Conhecia seu pai:

— Ora veja! Você é filho do Archibaldo. Servi com ele na Guiné Equatorial, onde era embaixador comissionado. Coitado, nunca foi promovido, encerrou a carreira por tempo de serviço. Seu último posto foi embaixador na Coreia do Norte, de onde saiu aposentado como conselheiro.

Convidado a visitá-lo, reencontrou o bem morar: espaço, limpeza, bom gosto, quadros e artesanatos africanos (o diplomata só serviu em postos do terceiro mundo), a luz do sol penetrando em todos os ambientes, livros encadernados e arrumados.

Tomaram um cálice de vinho do Porto e conversaram trivialidades. A proximidade das poltronas estimulava o mais velho a bater delicadamente com a mão no braço do mais moço quando achava alguma coisa engraçada.

O jovem desarrumado percebeu que os bons tempos voltariam, cortou o cabelo, mandou à lavanderia as roupas amassadas, passou dez dias tomando sucos naturais, precisava recuperar a saúde e reduzir o peso.

Encantou o embaixador, que o convidou a morarem juntos. Convite aceito, Troilo buscou suas roupas e se mudou.

Pedro encontrou a casa vazia, nada restou do amor que partiu, nem um bilhete. Passado algum tempo o viu com o apaixonado companheiro, se cumprimentaram educadamente, afastaram-se sorrindo. Um não exibiu ar de triunfo nem o outro de mágoa, comportaram-se de maneira civilizada.

Troilo recuperou a alegria de viver e Pedro mergulhou num amargor do qual custou a sair. Pressentiu que a maldição da avó acabaria por se realizar. Jogou fora uma carreira ascendente por descuidos, pequenas imprudências e grandes preconceitos. Sabia que não deveria esperar nada além de manter-se como estava.

Não mais temia o aviso da morta, passou a entendê-lo como um alerta e não um anátema: aceitava ser esse o seu destino. A avó era apenas porta-voz dos demônios que se juntaram a ela no leito de morte para acompanhá-la à nova morada.

Vinha alertá-lo por zelo, chegava como aterrorizante assombração, as almas amaldiçoadas que veem ao mundo externo ao inferno não podem se apresentar de outra forma.

Gostaria de chegar como chegam os anjos, com alvas asas, sorrido benevolente, transmitindo sua mensagem com graça e tranquilidade. Não gostava de aterrorizar seu neto com sua negra vestimenta.

Não mais rezava, nada poderia mudá-lo, a insistência da avó não alteraria sua índole. Impelido pelo fatalismo e pelas desilusões, sua força de vontade não era estimulada nem mesmo pela perspectiva da descomunal indignidade de seu fim.

Aguardava a hora de encontrar aquela que lhe antecipara o futuro, e ela sabia que nenhuma força do mundo dos vivos ou dos mortos poderia alcançar a profundeza íntima de seu neto e alterá-la; por amor e arrependimento, tentava modificar o destino traçado, torná-lo menos cruel, mesmo sabendo ser inútil.

Mesmo enfraquecida pelo penar cotidiano, sacrificava-se por ele, considerava ser essa sua missão. A visão que teve no leito de morte a obrigava a usar o que lhe restasse de forças para salvá-lo.

Era desagradável e cansativo vir de tão longe para ficar indo e vindo apressada pelo dormitório, procurando desesperadamente socorrê-lo e apenas conseguir assustá-lo, prejudicando sua saúde.

Sabia perseguir o irrealizável, apesar de tudo, continuaria buscando a salvação daquela criatura que amara com amor que não podia externar para não ferir as regras do seu meio. Arrependia-se, todos no inferno se arrependem, não cometera nenhuma falta grave, suas atitudes é que foram mal interpretadas.

Ao descer às profundezas teve julgamento rápido como todos os que lá chegam. O ritual é pró-forma, os destinados às trevas há muito foram recusados pelo céu e pelo purgatório. Satanás não os escolhe, apenas os recolhe.

Ingênua, pensou que receberia sentença justa mesmo sem presença de acusador e defensor. A velha senhora, assustada, expressando-se com dificuldade, feia, mal-humorada, vestida de preto, amaldiçoando em vida deuses e semideuses, foi julgada pela aparência.

Não sabia que ficaria ali por milênios, achava que em algum momento abrandariam sua pena, mas não, nem no fim dos séculos ela teria direito ao perdão: sua condenação não seria atenuada, benefício concedido somente aos do purgatório.

Quando achou ter entendido o que se passara, sentiu-se amado pela avó, pela mãe e pela Shirley: elas o protegiam, no entanto, não poderia se descuidar. Os mortos carregam os atavismos que possuíam em vida: a generosidade das três tinha limites.

No bairro havia muitas livrarias, frequentava todas, não ia ao centro nem a outros lugares, engordou muito, caminhava balançando o corpo, como que buscando o centro de gravidade, subir nos ônibus se tornou penoso, pegar táxis estava além de sua renda, restou limitar seu espaço à capacidade de suas pernas, sabia que elas seriam cada vez mais pesadas e lentas.

Atendia à incontrolável compulsão por comida nos menos estimulantes lugares. Engolia sem mastigar pastéis vazios, bolos de dias atrás e coxinhas de galinha pingando gordura. O comer como ato social prazeroso ficara para trás, na capital.

Passou a se vestir com desleixo, reduziu os banhos. A única peça digna de seu passado recente eram os óculos escuros, mais do que nunca inseparáveis.

Lembrou-se da insegurança que sentiu quando, depois de formado, não conseguia emprego e temia morar na rua. Pensava em ampliar seus ganhos, mas como?

Poderia dar aulas em universidades suburbanas. Desistiu quando lembrou que teria que percorrer quilômetros de ônibus, fazer baldeações e ouvir grosserias: "Empurra o gordo, a fila parou.", "Como alguém pode chegar a esse ponto, olhem a barriga dele, parece um barril."

Até então, sua vida fora conduzida por fatos aleatórios, pelo acaso, como a de todos. O que o destino lhe trouxe podia ser desagradável, mas não fora de todo ruim. Em pouco tempo faria quarenta anos, assustava-se pensando que daí para frente as coisas tendiam a piorar.

Sem prestígio, sem dinheiro, sem amigos, sem família, rejeitado por atitudes consideradas imorais e pelo corpo disforme, não deveria esperar amores elegantes, mas não podia viver sem amores, mesmo que deselegantes.

Saia à noite esgueirando-se por ruas e becos mal iluminados, encontrava o que queria, pagava, voltava apressado para casa com temores próprios dos que andam pela madrugada. Em casa, pedia perdão a Deus, um deus no qual não mais acreditava, mas só restava ele para ouvir seu arrependimento.

Lembrava-se da avó, sabia que a ela as preces seriam inúteis, orações piedosas não chegam aonde ela estava.

Poderia rezar à sua mãe e à Shirley, ambas o amaram e estavam salvas no paraíso (o pecado da mãe só é válido entre os homens), não o fazia pela vergonha em revelar seus obscuros segredos a pessoas que na vida e na morte desconheciam o lado abjeto dos indivíduos. Sabedoras da razão de suas orações, se afastariam envergonhadas, simplesmente iriam embora, onde estão não há reprimendas, desprezos ou sentimentos malévolos.

Nessas noites, Pedro trocava minutos de prazer por dias de sofrimento. Passado esse período de dor, repetia o ato que onerava seu bolso e sua consciência.

Desse modo se passaram pouco mais de dois anos. Admitia não ter o que fazer, sabia que conhecidos diziam não conhecê-lo, ex-colegas negavam qualquer relacionamento com ele.

Achava que Carlos ainda guardava a imagem do secretário poderoso, elogiado, orgulhando seus amigos. Não ligaria para ele, queria que pelo menos uma pessoa preservasse essa lembrança, não a substituísse pela atual. Alguém o respeitaria, não seria desprezado por todos.

Não podia e não deveria orar ou telefonar a quem ainda poderia entendê-lo para não causar decepções. Ainda lhe restava um pingo de autoestima a ser preservado.

No prédio, colocaram um porteiro à noite para impedir que ele entrasse de madrugada com jovens de má aparência, que colocariam em risco os moradores e ele próprio, que sabia ou não queria saber dos perigos que corria, mas continuava conduzido por impulsos que não conseguia explicar, muito menos controlar.

Solitários, cheios de culpas, de sonhos insatisfeitos, sem esperança nem nessa nem na outra vida, são capazes de tudo para encontrar a paz, mesmo que por breves momentos.

Entrava na idade na qual o que não foi feito teria dificuldade em ser realizado, ainda mais por ele, com o inconsciente dominado pelas mágoas da criança rejeitada que conduzia seus passos.

Ao mesmo tempo, começava a sentir a finitude, sensação que chega cedo aos que não enxergam nada além do tempo em que estão, e vagarosamente aos que não são perturbados por assombrações.

Tornou-se recorrente sonhar com a avó, não mais o espectro maldito que percorria de maneira espalhafatosa o dormitório do internato, agora era apenas uma alma penada arrependida, calada, com olhar triste.

Trágico destino: condenada à pena além de seus pecados e impossibilitada de ser redimida.

A visão devia ser uma liberalidade do seu inconsciente: ele não tinha segredos desconhecidos da avó.

Jamais poderia imaginar que a mãe de sua mãe seria sua única ligação com o passado e com seus mortos.

Lembrava-se avó de modo pelo qual as avós não devem ser lembradas: esperneando desequilibrada no vaso sanitário; pelo desprezo que lhe dedicava; com as mãos grossas torcendo e sangrando o pescoço do almoço de domingo de forma a prolongar a agonia da ave; ameaçando-o na hora da morte com brutal maldição; a grotesca dificuldade em tirar o corpo do quarto e colocá-lo no carro fúnebre, algo que só poderia ocorrer com alguém maldito.

Depois de morta, em vez de deixá-lo em paz, retornava em pesadelos ou seja lá o que fosse, expondo sem pudor sua lúgubre imagem vestida de negro, executando ameaçador bailado e repetindo ritornelo sem arte e sem poesia: "Se não mudares, irás para o inferno. Se não mudares, irás para o inferno..." Alternando com: "Terás morte infame. Terás morte infame..."

Sentia-se incomodado onde morava, a contratação do porteiro da noite indicava que sua presença era indesejável. Dentre os moradores não havia mais os indiferentes ou liberais em relação a ele, todos queriam vê-lo longe.

Caso o contrato de aluguel não fosse renovado não teria para onde ir com seus livros, sua única companhia, e sem eles não iria a lugar algum. Despejado, tocaria fogo em todos, se imolaria na pira cultural, ao longe, sua alma desprendida do corpo veria o prédio incendiando e seus vizinhos sacrificados como os ímpios de antigamente.

A avó viria buscá-lo. Conduzido por sua mão, ele voaria célere em direção à moradia eterna. Algum fiapo de vida que lhe restasse permitiria pensar: "Serei um fantasma ameaçador? Imporei terror aos vivos que me fizeram mal?", "Assombrarei o Carlos se aparecer em seus sonhos?", "Soltarei gargalhadas debochadas ou apenas sentirei ódio silencioso?", "Direi mensagens assustadoras ao ouvido dos que estão por ir para o inferno?", "Conhecerei Caronte?", "Não posso esquecer de levar uma moeda."

Correndo veloz por espaço sombrio e ignoto, em tempo impreciso, chegaram ao Vale das Sombras, ela o deixou no tribunal. Novas dúvidas: "O julgamento será justo?", "Compreenderão que nasci desse modo por vontade de Deus, ou teria sido do Demônio?", "Não importa, sou obra de um ser superior, quer seja ele do bem ou do mal, sua vontade prevaleceu momento da fecundação do óvulo." Nada mais imprevisível que isso, tragicamente aleatório.

De repente, tudo se tornou densamente negro. A alma do Pedro foi condenada à pena que, de tão longa, é intraduzível em qualquer idioma. Sequer atinamos o tamanho das galáxias ou a velocidade da luz, fingimos compreender os imensos números do universo para não passarmos por idiotas, ao ouvi-los, expressamos o espanto dos sábios. Como poderemos entender a eternidade e o infinito?

Esta perspectiva absurda trazia imensa preocupação. A ansiedade aumentava, procurava a calma comendo cada vez mais e buscando amores mais baratos. O aluguel aumentou, restava pouco para outras despesas, cortou a ida aos cinemas e a compra de livros, seus maiores prazeres foram substituídos pelos outros dois.

A rotina era imutável: levantava tarde, saía à rua para tomar café, percorria as livrarias, manuseava os livros com o respeito de sempre. Gostaria de tê-los, lamentava não poder comprá-los. Saía e ia a outra loja, onde seguia o mesmo ritual: acariciar a capa, abrir, ler trechos, fechar, colocar no lugar, olhar as prateleiras, buscando algum lançamento, e partir lentamente.

À noite, ia à faculdade, lecionava para alunos que trabalharam durante o dia, acordaram cedo, dormiram tarde, mas buscavam um diploma que lhes proporcionasse ascensão social. Concluído o curso, poucos não continuariam como estavam, mas seriam pedagogos, filósofos ou bacharéis em qualquer coisa, seus vizinhos os tratariam por doutor, seriam respeitados e isso bastava.

Certa feita, folheando um enorme livro de arte medieval, escutou um chamado improvável:

— Pedro!

Ficou estático, pálido, petrificado, pensou ser um dos garotos miseráveis que encontrava pelas noites, amaldiçoou-se por dizer seu nome a criatura tão desprezível, poderia ter dito se chamar Pantaleão, como seu fictício pai. Criou coragem, levantou os olhos e viu um quarentão repetido:

— Pedro! Sou o Thomas de Aquino. Fomos colegas no ginásio, éramos Pequenos Cruzados! Lembra?

Pedro lembrou vagamente. Não queria recordar essa fase confusa de sua existência, quando passou a conviver com duas personalidades conflitantes, sem saber quem de fato era: o colegial exemplar com vocação religiosa inquestionável ou o idólatra das deusas pagãs dos auditórios. Felizmente, eram mundos que não se tocavam, só por enorme azar seria descoberto. Tomava cuidado para não se confundir: rezar com fervor no programa de auditório ou dar gritos histéricos durante a missa.

Ficou constrangido, sua aparência indicava insucesso, fracasso, não queria ser visto desse modo. Não sabia o que dizer nem o que fazer. O colega falava sem parar, expunha sincera alegria, estava feliz por reencontrar o menino mais bem-arrumado e religioso do colégio.

— Vamos tomar um café e colocar a conversa em dia.

Arrastou Pedro pelo braço que não resistiu. O outro continuava falando e ele não prestando atenção e pensando: "Como explicar meu aspecto, meu vestir? Ao menos poderia ter tomado banho." Focava seus pensamentos na busca de uma história aceitável.

— Formei em economia. Tenho uma firma de treinamento para executivos. O negócio vai bem. Casei, tenho quatro filhos, eles estudam onde fizemos o ginásio. Que tempos maravilhosos!

E continuou a falar. Pedro ouvia como se estivesse em frente a um enxame de abelhas, não prestou atenção em nada do que foi dito, só o zumbido o incomodava.

— E você, o que faz?

Contou tudo o que fez e o que não fez: o colégio, a namorada, a ida para Brasília, a vice-presidência da prestigiosa empreiteira, a passagem por Harvard, percebeu que poderia contar a corajosa participação no momento revolucionário, completou, explicando:

— Fiz voto de pobreza, vivo com o mínimo necessário. Você deve ter observado como me visto. Só me arrependo de não ter seguido a carreira religiosa, gostaria de ser monge Cartuxo. À noite, depois das aulas que dou na faculdade, percorro becos e ruas escuras onde dormem os mendigos: tento amenizar suas mazelas, faço o que posso.

— Você não tem medo de pegar alguma doença? De ser agredido?

— Deus protege quem pratica a caridade.

— Estou impressionado, mas não surpreso. Os padres, nossos mestres, chegaram a anunciar que você iria para o seminário. O que aconteceu?

— Não poderia deixar minha mãe, como filho único, deveria protegê-la na velhice. Sinto grande prazer no que faço, mas, ao mesmo tempo, alguma tristeza: se tivesse dinheiro poderia ajudar mais.

O extinto de sobrevivência o tornou hábil manipulador, rapidamente arrumou uma explicação que soou convincente ao amigo. Despediram-se sem antes trocarem os endereços.

Pedro achou ter se saído bem. O mal vestir foi amplamente justificado, mostrou ser pessoa desprovida de vaidade, de egoísmo, voltada inteiramente à solidariedade, sem medo de lidar com pessoas doentes, agressivas e até mal-intencionadas. Temia não ser compreendido, percorrendo caminhos perigosos numa hora em que as pessoas de bem estão dormindo.

Numa noite, subornou o guardião da segurança e da moralidade do prédio e entrou com um rapaz muito magro (parecia não comer há dias), imundo, aspecto assustador, o porteiro deixou passar dizendo:

— Professor uma hora só.

— Não se preocupe.

Três horas depois, o jovem saiu, para azar do subornado, ele foi visto por um morador.

Nesse dia, Pedro não saiu do apartamento, nem nos seguintes, quando o síndico o procurou para comunicar que os condôminos decidiram que ele deveria ir embora, teria que sair no máximo em quatro semanas, pela fresta estreita que abriu, foi possível ver que apanhara e não fora pouco. Recebeu o humilhante aviso de cabeça baixa, olhando para o chão, apenas disse:

— Sim.

Desesperado, imaginando o despejo com desonra, sendo jogado à rua com seus livros, olhado com curiosidade, com desprezo, com raiva por obstruir a calçada, aguardando apenas ser recolhido a um abrigo de mendigos e seu tesouro indo para um aterro sanitário.

Na vida do Pedro, eram frequentes os acontecimentos inesperados: planejou ser presidente do fã-clube e terminou em colégio católico, pensou em ser filósofo e acabou lobista de empreiteira, sonhou compartilhar um relacionamento digno e intelectualizado para toda a vida e vivia à cata de relações perigosas.

Nesse momento, recebeu extensa carta do Thomas de Aquino manifestando a felicidade e a sorte por encontrá-lo naquela livraria.

"Pedro, nunca vi ninguém tão desprendido como você. Na história, só me ocorrem São Francisco e Sidarta Gautama. Nesse mundo onde predomina o individualismo, você é um exemplo. Meus filhos e minha mulher querem conhecê-lo."

Na mesma carta, convidava Pedro a trabalhar em sua empresa: "Pedro pense bem, preciso de alguém com sua experiência, cubro qualquer proposta que você tenha. Envie o teu currículo para eu mostrá-lo aos meus associados."

A incrível oportunidade aparecia no pior momento de sua vida. Voltaria à sua terra, ganharia bem, recuperaria o respeito dos outros e a autoestima, teria onde morar e não precisaria se imolar na fogueira de livros. Sem saber, seus vizinhos foram salvos do fogaréu em que o edifício se transformaria.

Pegou o currículo organizado por sua antiga secretária, leu, releu, ficou orgulhoso de tudo que fez ou pensaram que fez, não tirou nem acrescentou nada, estava perfeito, quem lesse sentiria vontade em conhecê-lo. Enviou junto com a aceitação do convite. Pediu um adiantamento para pagar a mudança.

Antes do prazo estipulado para o despejo, os vizinhos viram o incômodo morador partir elegantemente trajado: terno azul-marinho em tecido inglês, a roseta da Ordem de Rio Branco na lapela direita, camisa de algodão com duzentos fios, gravata de seda, barbeado, sapato Bostonian, cabelo cortado, limpo como nunca o haviam visto.

Comprou um par de óculos escuros e um relógio de marcas respeitáveis em um camelô. Caminhava com soberba e elegância. Deu boa gorjeta ao porteiro e foi para o aeroporto.

Perguntavam-se:

— Será o morador malvestido, sujo, que perambulava pelas madrugadas ou outro sujeito? A mudança era profunda demais para acreditarem no que viam.

Vendeu o pouco que tinha, preservou apenas os livros e algumas roupas dos tempos de lobista e partiu para a nova vida, prometendo aos seus mortos amados que não os decepcionaria: a avó, a mãe e a Shirley sentiriam orgulho dele.

Na chegada, foi recebido pelo amigo, sua família e os associados. A inesperada elegância foi elogiada, estavam preparados para receber um monge, mas acolhiam um executivo na sua melhor vestimenta.

Thomas de Aquino o abraçou, o apresentou aos outros, falando sobre a imensa utilidade que ele teria para a firma de treinamento de recursos humanos:

— Conhece todos em Brasília, foi secretário de ministério, executivo de grande empresa, é poliglota, estudou em...

Na eufórica recepção, não notaram o estranho corpo, o excesso de peso, o hematoma perto do olho direito, a cabeça quase cônica, o pouco cabelo e aparência mais velha que a esperada.

Conduzido ao melhor hotel da cidade, onde ficaria até arranjar um apartamento, se despediu da pequena multidão dizendo que amanhã cedo estaria com eles:

— Estou ansioso para começar.

Com quarenta e três anos, recomeçava a vida em alto estilo, só podia ser um milagre, não havia outra explicação, era sorte demais para ser produzida por causas naturais.

Antes do entardecer, saiu para caminhar, reativar lembranças, excluindo as más e se apegando às boas.

Em frente ao hotel, ficava uma igreja frequentada por sua família, subiu a escadaria, entrou, benzeu-se, ajoelhou-se, agradeceu a graça alcançada, seguramente obra de sua mãe e da Shirley.

Sabia ser sua última oportunidade, se apegaria ela, cumpriria da maneira mais ampla o voto de castidade, fugiria das tentações e voltaria a ser católico exemplar.

Jantou no hotel, pediu sobremesa, repetiu, deixou boa gorjeta. Esperando o elevador, virou-se para o garçom, um rapazote, que, percebendo o interesse do hóspede, sorriu sorriso maroto, simpático e convidativo.

Pedro sentiu necessitar de ajuda para resistir às tentações: orou à sua mãe, à missionária martirizada e até à avó, que nada podia fazer, a não ser repetir o que ocorreria caso não se afastasse do pecado.

Não conseguia tirar o rapaz da cabeça. Em que pese o aspecto depravado, era limpo como devem ser os garçons e os rapazes de seus sonhos.

Se ele batesse na porta do quarto, o que faria? Abriria, expulsaria, fingiria dormir? Não sabia. Teria que aguardar as batidas, que não chegaram.

Dormiu mal, apesar de sentir a presença confortadora dos que podiam ajudá-lo, apareceu o tio, nunca sonhara com ele, querendo aproximá-lo do pecado como se tivesse recebido uma mensagem das profundezas onde se encontrava sua mãe, ria, lembrando-o de que não escaparia da morte ignóbil.

Cedo pegou um táxi, deu o endereço e, desatento, seguiu folheando o jornal.

Thomas chegou antes dele. Observou o rosto machucado e os reflexos da noite maldormida, nada disse, mas Pedro percebeu e explicou:

— Os hematomas foram causados pelos mendigos, quando falei que ia embora, manifestaram seu agradecimento de maneira rude, a única que conhecem. Abraçaram, empurraram, caí e deu nisso, ainda doe um pouco, durmo mal. Logo passará.

— Essa é sua sala.

O tamanho era adequado, arrumada com simplicidade e bom gosto, clara, com vista para um jardim.

— Sua primeira participação no programa de treinamento será para dirigentes de uma universidade. O roteiro está na mesa, qualquer dúvida chame a Frida, a nossa assistente.

— Frida, esse é o professor Pedro.

— Muito prazer, Thomas deu uma palestra de apresentação. Estamos orgulhosos da sua presença.

Alta, sorriso cativante, loura, olhos de profundo azul, mãos delicadas, dedos longos como suas pernas, teria uns vinte e cinco anos. Tanta beleza deixou Pedro sem jeito. Frida percebeu e interpretou errado: o nervosismo não era causado por sua aparência, mas por sua presença.

Enrubesceu, quando o chefe disse:

— Frida, Pedro é solteiro.

Ele ficou sem graça, pressentiu perigo, assédio constante, teria que, em algum momento, falar do voto de castidade, ela riria, contaria a todos e sua vida se tornaria insuportável.

Lendo o roteiro da aula que daria daí a três dias, ia escrevendo observações, enriquecendo o texto com exemplos vívidos.

A todo o momento, Frida entrava:

— Qualquer dúvida é só me chamar.

Saía sorrindo. Seria o sorriso mais lindo do mundo, se o do jovem garçom não estivesse fixado em sua memória, ansiava pelo jantar para vê-lo novamente.

Solteiro, bem-vestido, usando artigos de grife, embora gordo e caminhando de modo estranho, era cobiçado pelas mulheres, mas inatingível a qualquer Frida. Como ela não o conhecia, continuaria insistindo na aproximação.

O primeiro dia transcorreu conforme o esperado. Conversou com o chefe, sugeriu mudanças no texto que foram aceitas, no dia seguinte, prepararia o PowerPoint, poderia dispensá-lo, mas era exigência da empresa e do contratante, estava na moda: os alunos perderiam o rumo se apenas ouvissem o mestre, preferiam olhar as imagens que expunham o essencial, não exigindo troca de ideias ou outras atividades incômodas ao cérebro.

No começo da noite foi a pé ao hotel, não era longe, como no dia anterior passou na igreja, pediu proteção a Deus e a todos os santos.

No jantar, comeu com apetite, repetiu a sobremesa, foi gentil com o garçom, mas distante — não deixou gorjeta. Esperando o elevador, não olhou para o lado dele, manteve-se atento ao mostrador dos andares percorridos.

Dormiu bem: o trabalho elogiado pelo Thomas, a expectativa da palestra, a certeza de que se sairia bem, e, principalmente, ter vencido a tentação deram condições para um repouso como não tinha desde a desonrosa expulsão de onde morava.

Sentia-se seguro, continuaria a tratar o garçom com frieza, indicando não querer aproximação; as conversas habituais aos que exercem essa profissão não teriam curso.

Ao contrário da Frida, o garçom conhecia as pessoas, estava ali há cinco anos, assediava clientes que acreditava desejarem ir além do jantar, tinha certeza de que o homem seco, indiferente, escondido atrás dos óculos escuro, estava apenas se protegendo, mas isso não duraria muito: era presa fácil.

Pedro decidiu agir sempre desse modo, afastando as tentações antes que demônios disfarçados em rapazes limpos, educados e com cabelos bem cortados se apropriassem de sua alma.

Para se livrar da presença da loura colega, na primeira oportunidade, contaria a dramática história da Shirley.

Com esforço, atenderia às expectativas de sua mãe e se livraria do funesto aviso da avó.

A aula transcorreu bem, uns vinte funcionários da universidade aprenderam como dar os primeiros passos em direção à realização profissional, no caso, manter seus mal remunerados empregos, mas que lhes davam segurança — necessidade primordial dos humanos normais, as aventuras são para os inadaptados sociais ou perturbados da cabeça.

Concluído o curso, cinco aulas, vinte horas, os alunos homenagearam o professor com um pequeno livro sobre as tentações e como se livrar delas, certamente seria do seu agrado. Pedro agradeceu, mas não entendeu a razão daquele presente.

Foi para sua sala, trancou se e ficou pensando: "Por que me deram aquele livro? Porque conhecem a minha fraqueza, a minha incapacidade de resistir às tentações, querem me ajudar, mas me envergonharam. Vou embora amanhã, voltarei para o Rio, me perderei na multidão, irei para o inferno, e daí? Esse é meu destino, dele não poderei fugir. Nem o santo que elimina todos os males conseguiu me curar. Morarei na Galeria Alaska, desfilarei no carnaval, irei aos programas de auditório, gritarei, chorarei e, em alguma noite, serei assassinado em um beco escuro, mas serei feliz. Partirei amanhã no primeiro voo."

— Pedro, abra, sou eu. Parabéns, nunca tivemos um palestrante como você. Falei com meus sócios e todos concordaram em torná-lo associado. Aceite, por favor.

Thomas abraçou o amigo com alegria. Quando saíram da sala, os sócios, a Frida e o contínuo aplaudiram o grande mestre, aparentemente com sinceridade, coisa rara em locais de trabalho.

-Vamos jantar.

Pedro fingia estar confortável, mas estava febril e enjoado.

— Pedro, falei para seus alunos de sua profunda religiosidade, da sua vocação sacerdotal, do exemplo de fé que você passava aos meninos no colégio. Contei a sua paixão pela leitura. Eles decidiram lhe dar em agradecimento por suas aulas um livro religioso. Espero que você goste.

— Gostei, com as tentações por toda parte, foi um presente oportuno.

Sentiu-se aliviado, seus segredos continuavam bem guardados. Riu, coisa rara em pessoa tão séria. Todo o mal-estar passou instantaneamente, acabaram o enjoo e a sensação febril, entregou-se à gula com a voracidade habitual.

Participou da reunião com alegria, contou a passagem por Brasília, a paranoia reinante, as reuniões para nada decidir, as mordomias, falou com graça, mostrou um lado descontraído desconhecido até dele.

Frida levantou, expondo toda sua beleza longilínea, sacudiu a cabeça para afastar os cabelos dos maravilhosos olhos azuis, os ajeitou com a mão e perguntou:

— Professor, conte-nos sobre a universidade americana.

Não foi difícil, de tanto falarem do seu brilhante curso de mestrado, ele incorporou às verdades de sua vida o inexistente período na mais famosa universidade do mundo. Falou dos amigos, dos mestres, de alguns Nobéis com quem trocava ideias, dos rigores do clima e dos estudos. Maravilhava quem ouvia.

— É incrível, nunca conheci ninguém assim!

Disse Frida, visivelmente excitada, parecia querer arrancar a roupa, abraçar o conferencista, expressar seu amor ali mesmo, na frente de todos.

— Pedro, as tentações estão batendo à porta, Frida vai agarrá-lo à força, sussurrou Thomas em seu ouvido. Contarei a ela o seu amor eterno pela Shirley, a frustração quando ela decidiu ser freira e a insuperável tristeza ao saber da morte cruel no meio da África. Ela compreenderá.

No dia seguinte, Frida o abraçou e demonstrou solidariedade com sua tragédia.

— Tudo em sua vida é grandioso, tanto na alegria quanto na tristeza.

Beijou-o como as irmãs beijam os irmãos e saiu chorando em silêncio. Aquela figura monumental a um só tempo ao seu lado e infinitamente distante. Frida sentiu a estranha sensação de que morreria solteira, nunca acharia alguém como Pedro.

Alugou um apartamento com dois quartos em edifício próximo ao trabalho, em rua arborizada, calçada com paralelepípedos de granito cinza escuro que traziam lembranças da infância.

Os livros chegaram, o pessoal da transportadora foi empilhando-os pelo corredor, quartos e sala de estar, só restou espaço na cozinha e no banheiro. Comprou poucos móveis, dispensou a oferta da Frida em ajudá-lo na escolha. Recebeu as boas-vindas dos vizinhos e acomodou-se.

Aos poucos, foi criando uma rotina onde predominava a solidão — que parecia não incomodá-lo. Preparava as aulas, não dava muito trabalho, os cursos tratavam sempre da mesma coisa, com pequenas variações. Percorria livrarias, aumentava seu acervo, frequentava cinemas, teatros e concertos. Caminhava por quilômetros que, em vez de reduzirem seu peso, aumentavam. O lento caminhar abria o apetite, comia doces e ficava cada vez mais gordo.

Frida superou a paixão impossível e namorava um senhor de meia-idade que atendia a seus pré-requisitos: era importante e respeitado pelo seu saber, ocupava um cargo de chefia na Prefeitura Municipal e dava aulas em um curso pré-vestibular.

A vida do Pedro era um mistério. Nunca convidou alguém a ir ao seu apartamento, onde orgulhosamente mostraria os seus livros, recusava polidamente convites para ir à casa dos colegas. Para fugir do jantar de Natal no Clube do Comércio, inventou uma desculpa qualquer. Quando ensaiavam uma maledicência, Thomas cortava logo:

— Não se esqueçam de que seu destino era a vida sacerdotal, deve aproveitar o tempo livre para rezar, fazer retiros espirituais, filantropia, coisas desse tipo.

A empresa de treinamento de executivos ia muito bem. Contratada quatro anos pelo governo, dispensou clientes privados e se viu livre de cansativas negociações para reduzir custos, imprimir menos exemplares do material a ser distribuído, evitar gastos excessivos com conferencistas e outras mesquinharias que não incomodam o contratante público.

Os associados exibiam prosperidade, compraram casas em bairros nobres, em praias e na serra, carros de luxo, deram passeios pelo mundo, só Pedro continuava no seu esconderijo, aparentemente gastando os ganhos com livros e em nada mais.

Seus colegas especulavam como ele usava o seu dinheiro: não comprou imóvel, carro ou qualquer outra coisa de valor.

O dinheiro entrava com facilidade. O zelo na preparação dos cursos era cada vez menor, o cliente pouco exigia. Pilhas de caro material não utilizado era vendido como papel velho. As despesas e os ganhos tornavam-se cada vez maiores, os contratos eram aditados sem questionamentos, afinal, os custos subiam, não havia outra solução para manter o alto padrão do que era ensinado.

A prosperidade era tanta que a empresa comprou um telefone para a moradia de cada associado. Pedro mandou colocá-lo sobre uma pilha de livros novos, em um canto do quarto. Quando ia para a cama olhava para o aparelho, inútil, a menos que alguém ligasse por engano ou oferecendo qualquer coisa.

Procurou nas anotações antigas o telefone do Carlos: "Ele provavelmente ainda está no mesmo número, é funcionário aplicado e afastado da corrente principal, o cartel divulgou a sua inutilidade e acabou com qualquer possibilidade de promoção."

Ligou, não precisou dizer o nome.

— Pedro, onde é que você andas?

— Em Porto Alegre, perto de onde passamos a infância. Sempre me lembro de você.

Conversaram por quase uma hora. Carlos não tinha muito a dizer, falar da família, filhos, trabalho, certamente não seria de interesse do amigo, que, por sua vez, tinha muito a contar:

— Sou sócio e professor de um importante centro de treinamento para executivos.

Falou da agradável remuneração, dos livros, da vida cultural intensa, da roda de amigos com quem podia trocar ideias, discutir as mensagens ocultas nos filmes franceses que assistia nas reuniões do clube de cinema, onde revia filmes da *nouvelle vague* e do cinema mudo.

— Quando você virá a Porto Alegre?

— Avisarei, enquanto isso vamos nos telefonando.

— Ótimo, falarei sobre você no jantar semanal com a turma, no Treviso, lembra?

— É claro que lembro.

— Com quem você estava falando?

— Com Pedro, lembra dele?

— A bicha?

— Ele é diferente, gosta de livros, poesias, tem intensa vida cultural em Porto Alegre e trabalha em treinamento de executivos.

— Casou?

— Não perguntei. Esqueceu a paixão que tinha pela menina que virou freira?

— Só você para acreditar nisso, até hoje você crê em governo honesto e político bem-intencionado, por que não acreditar na lenda da mártir africana?

Carlos e sua mulher voltaram a ver o filme na televisão, aproveitando que as crianças dormiam. Levavam uma vida tranquila, sem grandes emoções, um pouco frustrados: não foi para isso que vieram para a capital.

Muitos se mudam para ganhar mais, outros, para aproveitar as oportunidades que a cidade oferece aos bem e aos mal-intencionados, uns poucos imaginam que poderão ajudar o país deixando as ambições pessoais em segundo plano.

Carlos achou estranho Pedro ter um círculo social, às vezes, pensava que ele era autista, de amizade lembrava apenas os dois rapazes com quem saía.

— Ainda bem que mudou, era muito solitário.

A incrédula mulher riu com sarcasmo, abraçou o marido dizendo:

— Você acredita em tudo, não tem jeito.

Alguns meses depois, Carlos foi designado para participar de um grupo de trabalho em Porto Alegre: reuniões a cada quinze dias, boas diárias e pauta ainda indefinida.

Elaborar o cronograma de atividades, distribuir as tarefas, redigir relatórios preliminares, esperar a aprovação superior, consumiria alguns meses, a partir daí, começariam a produzir o documento definitivo que levaria um carimbo vermelho na capa: versão preliminar, para isentar os autores de eventuais erros.

Comunicou ao amigo que se encontrariam duas vezes por mês. A satisfação foi recíproca.

Pedro estava no aeroporto. O motorista pegou a mala e foram à empresa. Todos queriam conhecer o tão falado amigo. Feitas as apresentações e uma rápida exposição sobre o que faziam, os dois partiram para o hotel, o mesmo onde Pedro ficara antes de alugar o apartamento.

Carlos aproveitou o tempo livre e passeou pelo centro, notou mudanças para pior, a cidade cresceu, se expandiu e deixou o que foi ficando para trás entregue à própria sorte. Observou que havia menos livrarias, cinemas, lojas e cafés, e que abundavam pedintes, pequenos assaltantes e lojas de bugigangas baratas. Tornou-se nostálgico: aquela não era mais a sua cidade.

Pontualmente, Pedro chegou para jantarem. O jovem garçom atenciosamente sugeriu:

— Professor, recomendo a sopa de cogumelos.

— Obrigado, Alcibíades. Esse é meu amigo Carlos.

— Prazer, doutor. O professor fala muito do senhor.

Jantaram, tomaram água mineral, Carlos dispensou a sobremesa, Pedro comeu generosa fatia de pudim Getulio Vargas, não repetiu como de costume.

Carlos achou o garçom parecido com o antigo assistente do Pedro, Alfred Douglas, notou certa intimidade e simpatia mútua entre ele e o comensal, que até sabia de sua existência. Pedro devia frequentar o restaurante com assiduidade, dava gorjetas generosas e recebia a atenção dedicada aos bons fregueses.

No dia seguinte, voltou para tomar o café da manhã, elogiou o restaurante do hotel e não deixou de falar do garçom, foi além do necessário, disse que pagava seus estudos e que compraria um carro para ele:

— A faculdade é distante. Se não fizermos o bem, de que servirá ter dinheiro?

O grupo se reuniu por menos de uma hora. O coordenador apresentou-se e pediu a cada um que dissesse algumas palavras sobre seu currículo, as dez pessoas estenderam suas exposições além do necessário, renderam tributos às vaidades.

Em que pese a finalidade do trabalho ser indicar prioridades de investimentos no porto da cidade, a equipe era bastante heterogênea. Carlos não entendeu por que tanta gente e com formações tão distintas.

Cada membro do grupo recebeu uma minuta dos objetivos a atingir, o coordenador pediu para lerem, enviarem sugestões e marcou a próxima reunião para duas semanas adiante.

Carlos retornou satisfeito: economizou uma diária. Sempre que fazia isso, irritava o encarregado do setor financeiro, obrigado a abrir um processo e enviá-lo aos mais diferentes destinos.

Certa vez, chefes de todos os cantos do ministério exigiram que ele parasse com aquilo: era um mau exemplo.

Levantaram a possibilidade de que algum ocioso, querendo mostrar serviço, criasse uma regra obrigando a todos devolverem diárias não utilizadas, é claro que a ideia não prosperaria. Nos altos escalões, o autor da sugestão seria repreendido, perderia função gratificada e seria considerado tão idiota quanto Carlos.

Lembravam o bom exemplo de um colega em posição de chefia, que foi estudar a administração pública da Bahia durante o carnaval, abocanhando dez diárias autorizadas por ele mesmo.

O próprio ministro passa os fins de semana com moças lindas em praias isoladas, só atingidas pelos aviões dos empreiteiros amigos, diz que seu hobby são as tartarugas — temia a sua extinção. Curioso, mas sem conhecimento profundo sobre o assunto, sempre ia acompanhado de uma bióloga marinha. Nunca devolveu qualquer diária, mesmo quando alguma tempestade impedia a viagem. Era admirado por todos.

— Encontrou seu amigo?

— Conheci a empresa onde ele trabalha. Jantamos no hotel. É o restaurante preferido dele. Fomos atendidos por um garçom muito gentil, Pedro paga os seus estudos, vai até comprar um carro para ele não precisar ir de ônibus à faculdade.

— E os amigos intelectuais? Esteve com eles?

— Não houve tempo. A viagem foi curta.

— Carlos, Carlos...

Ele acreditava no incrível currículo do amigo e na mudança radical de seu comportamento na passagem da adolescência à idade adulta, quase um milagre. Era possivelmente o único dos que o conheceram na infância que acreditava no pai herói de guerra.

Mais duas semanas e Carlos foi chamado por seu superior:

— Você receberá quatro diárias para a próxima reunião, mesmo que ocorra só uma, não devolva nada, não tem ideia do trabalho que é reembolsá-las, até o ministro anda irritado com isso. Se continuar agindo desse modo, ele vai substituí-lo no grupo, o melhor do ministério. Durará pelo menos um ano, serão umas vinte reuniões, oitenta diárias, mais de vinte mil, compre um carro melhor do que o velho que você usa.

— Mas é dinheiro público!

— Não se fala mais nisso, se não quiser ir, indicaremos outro que respeite procedimentos centenários.

Iniciadas as atividades, o coordenador agradeceu as sugestões enviadas, fez um resumo do que leu e passou a palavra a cada um dos coordenados, não limitou o tempo de exposição. Todos se estenderam em seus comentários.

Foram almoçar e retornaram duas horas depois. Sonolentos, diminuíram o ritmo intenso da manhã. Os trabalhos foram encerrados mais cedo.

Com experiência, o líder levou as reuniões até o final do quarto dia. Poderia encerrá-las ao fim do primeiro, temeu ser considerado precipitado.

No segundo dia, repetiu o primeiro, temia ter passado por cima de algo importante, como tudo estava em ordem no terceiro dia, debateram entre si o que haviam sugerido.

Não foi uma boa ideia, a partir daí, acabou a harmonia e o aparente entrosamento.

Uma jovem bonita, com ar sério, disse haver pouca ênfase nos aspectos ambientais.

Uma socióloga idosa, usando óculos de lentes grossas, com cabelos crespos tingidos de preto e olhar colérico, parecia estar em estado permanente de guerra contra os inimigos de suas ideias, espumando, falou com revolta:

— Não é dessa maneira que acabaremos com a pobreza.

Gritava, não de raiva, mas de desespero, suas causas da juventude e da maturidade fracassaram, na velhice tentava achar alguma lógica na sua caminhada, não encontrava, ao contrário, secretamente, a considerava cada vez mais ilógica. Desesperava: só lhe restava o lamento bradado diante de quem se dispusesse a ouvi-lo.

Um professor muito magro, pálido, aspecto de doente, com voz rouca exigiu que colocassem na pauta o efeito do projeto sobre as minorias.

Outro comentou com moderação que seria fundamental estudar o resultado dos investimentos na distribuição da renda.

O arqueólogo considerava de suma importância estudar os sambaquis que supunha existir em algum lugar do rio.

Um engenheiro lembrou:

— A finalidade do grupo é tratar dos investimentos que serão feitos no porto da cidade: dragagem, problemas de calado, renovação dos equipamentos, coisas desse tipo. Acho que estamos desperdiçando tempo.

A partir desse momento, a reunião saiu do controle e, com ofensas mútuas, foi encerrada mais tarde que no dia anterior. A senhora de cabelos pintados gritava ofensas ao engenheiro: burguês, classe média, conservador, direitista, nazista. Não houve resposta, ele sabia que sua revolta era contra algo que faltara em sua vida, talvez na distante infância.

O professor doente falava baixo, dava para sentir o seu desespero, queria falar alto, gritar, mas não tinha forças:

— Engenheiro, deixe de lado tecnicismo, torne-se humano pelo menos dessa vez, não despreze as minorias em detrimento de guindastes, calados e outras besteiras.

Calou-se, esgotado, perdera sua energia em centenas de comícios, passeatas, protesto ao longo de sua vida.

Carlos, em apoio ao colega, o engenheiro, apenas perguntou:

— Quais são as minorias que serão afetadas pelas melhorias em um porto que existe há mais de cem anos?

— Todas: os índios, as crianças, os excomungados...

Parou por aí, Carlos imaginou que ele sequer poderia vir à próxima reunião, sua luta começara há muitos anos, talvez fosse essa sua última batalha: não podia perdê-la.

O coordenador gostou, venceu o terceiro dia e arrumou uma pauta para o quarto:

— As ideias apresentadas merecem aprofundamento, prosseguiremos amanhã. Obrigado.

Previu que as discussões seriam intermináveis e que finalmente ele poderia comprar a sonhada casa na praia. Cada um foi para seu lado sem se despedir dos colegas.

Carlos, que havia participado de dezenas de grupos de trabalho, não estranhou, às vezes as discussões vão tão longe que, meses depois de iniciadas, já não se sabe a razão de estar ali, nesse momento, para evitar agressões, o coordenador determina a redação do documento final, alertando:

— Se não chegarmos ao consenso, colocaremos as sugestões de todos, que são excelentes e não devem ser desperdiçadas.

Em aparente paz, os trabalhos são encerrados.

Um ano e meio depois de iniciado, o documento foi concluído, abordava pouco a questão essencial: a melhoria do porto. Se um dia alguém voltasse a pensar no assunto, já teria um documento para dar início aos trabalhos de atualização.

O encerramento foi numa churrascaria, só não compareceu a senhora furiosa, estava numa clínica para acalmar os nervos. O idoso revolucionário sobreviveu, foi em cadeira de rodas, com um cuidador e um tubo de oxigênio.

Carlos comprou um carro novo e passou um fim de semana numa estação de águas termais nas proximidades de onde morava. Seu chefe comentou:

— Eu não lhe disse? Não devolva diária, jeton ou qualquer dinheiro que o governo lhe dê.

— É, você tem razão.

Nesse ano e meio, teve vários encontros com Pedro, mas não conheceu os amigos intelectuais, não foi ao clube de cinema nem ao jantar no Treviso.

O restaurante onde iam era sempre o mesmo, não adiantava Carlos sugerir outro. Alcibíades continuava a servi-los, estava mais descontraído e, às vezes, tornava-se inconveniente. Pedro, apesar de continuar formal, aceitava bem as graças vulgares do pupilo, que parecia não respeitar seu benfeitor.

Era incômodo ao Carlos participar daquela cena ridícula. Não escondia seu desagrado. Começou a se preocupar com o amigo de tantos anos, que parecia enveredar por caminhos tortuosos.

Terminado o trabalho, dissolvido o grupo, findas as viagens, ele e Pedro continuaram mantendo contato telefônico, a iniciativa cabia sempre ao solitário professor.

Carlos começou a elucubrar sobre a vida do Pedro: comprava livros e não comentava a leitura que fazia, passou achar que ele não lia o que adquiria. Por que comprava? Não levava ninguém ao seu apartamento, onde imaginava haver uma bem organizada biblioteca, em prateleira apropriada deveria haver centenas de filmes, por onde passava, ia comprando, certa vez Carlos observou:

— Pedro, esse você já tem.

— Dei de presente e quero vê-lo outra vez.

Como no caso da literatura, nunca comentou ou recomendou algum. Quando Carlos começava a falar sobre o que estava passando nos cinemas, ele mudava de assunto, era hábil nisso.

O apartamento teria decoração austera, mas de bom gosto, os móveis seriam em estilo inglês, manteria uma pequena coleção de boas bebidas, enfim, era um solteirão com muitos relacionamentos e com local aprazível para recebê-los. Será que os amigos intelectuais existiam? Na parede, certamente colocaria o diploma obtido na América. Será que ele andou mesmo por lá?

Começou a pensar que a realidade era diferente da que imaginava. Todos gostam de exibir bom gosto, acervos culturais e bebidas finas, menos ele, achou estranho. Se não tinha orgulho em mostrar seus tesouros, era por que não os tinha. Teria vendidos os livros para ajudar nos estudos do Alcibíades?

Passados dois anos, o noticiário noturno na televisão mostrou mais um escândalo. As imagens exibiam policiais carregando pilhas de documentos, agendas, computadores, colocando os associados do Pedro em camburões, exceto ele.

Dava para ver Frida chorando e apelando à polícia para não levar aquelas pessoas honestas a algum depósito de malfeitores. Ao mesmo tempo, cena semelhante se desenrolava com outros personagens, na repartição responsável pela qualificação dos funcionários públicos.

Carlos ligou para Pedro, que atendeu apreensivo:

— Cuidado, está grampeado.

— Não vi você lá, o que houve?

— Alcibíades teve um sonho terrível, acordou no meio da noite muito assustado e implorou para eu não ir trabalhar. No noticiário do meio-dia, vi meu mundo desmoronando, sem alguém para me ajudar. Alcibíades estava na faculdade.

— Boa sorte, Pedro.

Amedrontado, lembrava o menino dando gritinhos quando sua avó se encontrava em perigo, completou sua história dizendo:

— Ele estava dormindo no outro quarto.

Não tendo mais nada a dizer e com medo da escuta telefônica, encerrou a ligação.

Impossível não lembrar Calpúrnia Pisão alertando Júlio César para não ir ao Senado no dia fatal: não ouviu sua mulher e foi assassinado. Pedro deu ouvidos ao Alcibíades e foi poupado da vexaminosa cena exibida em todos os lares do país.

Não deu detalhes do sonho, como fez a mulher de César, que o viu no Senado com a túnica branca rasgada. Shakespeare foi mais longe: descreveu a vestimenta ensanguentada.

A imprensa explorou o tema apenas uma semana, a pauta de escândalos estava obstruída, tinham que dar vazão ao que ia chegando e se acumulando.

Pedro apareceu no noticiário bem-vestido, com os óculos escuros, saindo da delegacia, abordado por uma multidão de repórteres, disse:

— Não tenho nada a declarar.

E o seu advogado:

— Meu cliente é inocente.

Comportamento padrão nesses casos, quase uma confissão de culpa. A partir daí, o defensor passa a buscar brechas na lei, a apresentar dezenas de recursos até que o crime prescreva.

A empresa de treinamento, trabalhando com empresas privadas, apresentava ganhos razoáveis, todos eram felizes, até que apareceu o assessor de um deputado com incrível, quase inverossímil, proposta.

Indicou ao Thomas o caminho da riqueza, da glória, do triunfo. Era fácil, ele participaria de uma licitação no setor de treinamento do governo. Ele mesmo prepararia o edital, colocaria um preço quatro vezes maior que o habitual, o resto seria com o dirigente do órgão, indicado para o cargo pelo generoso deputado.

Fechou a porta e passou um pedaço de papel ao Thomas de Aquino com números antecedidos de letras maiúsculas, não foi difícil decifrar o código:

— Entendeu?

— Sim.

— Está satisfeito?

— É claro!

Levou o intermediário até a porta e, ansioso, chamou os associados, Pedro e mais dois:

— O que vou falar é segredo.

Deu detalhes do ocorrido, enalteceu seu trabalho:

— Articulei isso por longo tempo. Valeu a pena, ficaremos com quarenta por cento do contrato.

Caiu do céu, foi o pensamento unânime. Thomas compraria uma Ferrari, outros dois falaram em adquirir mansões.

Pedro, sorrindo muito, disse em tom mais agudo que grave:

— Patrocino a educação de um rapaz pobre, humilde, vou levá-lo a Paris.

Os olhares se voltaram para ele, percebendo, tentou explicar, mas não conseguiu, o estrago estava feito: era o que pensavam.

De cara amarrada, descontente, agressiva, irrompeu a bela Frida, escutou tudo atrás da porta:

— E eu, como é que fico nisso?

O que faziam era irregular, se descoberto, as consequências seriam graves, não poderia haver descontentes entre eles.

Thomas a acalmou:

— É claro que eu contaria para você. Vá pensando naquela volta ao mundo com que você sonha há tantos anos. Inclua nos planos hotéis cinco estrelas e primeira classe nos aviões.

Satisfeita, deu um beijo em cada um, Pedro, ruborescido, sem graça, saiu apressado.

As coisas correram bem nos três primeiros anos, com exceção do Pedro, todos realizaram seus sonhos, ele achou imprudência fazer a romântica e cultural viagem com Alcibíades.

Depois das pistas dadas, percebia olhares e conversas encerradas quando ele se aproximava, sentiu ser hora de se acautelar.

Disse ao jovem que o trabalho aumentaria e ele, pelo seu currículo excepcional, fora escolhido para coordenar os cursos, dezenas a cada mês, teria que viajar ao interior do estado, preparar novos instrutores que seriam contratados, escrever as apostilas e assim por diante. Alcibíades não se importou, ganhou um carro novo, roupas caras, deixou de trabalhar, estava cercado de coisas jamais imaginadas.

Bens apreendidos, cofres abertos, contas rastreadas, Thomas e os dois associados mais antigos foram presos. Orientados por seus advogados, Pedro, Frida e o especialista em trocar dólares, abrir contas no exterior, limpar os ganhos e pagar às autoridades, se ofereceram como testemunhas e foram liberados de prisões e julgamentos, apenas seus sonhos foram desfeitos.

Frida se casou com namorado. O especialista em ações financeiras irregulares voltou à atividade. Pedro ficou com fama de delator, possíveis empregadores o evitavam, lhe restou dar aulas em uma faculdade, onde ganhava mal e era humilhado, sem alternativas, se conformava.

Para complementar a renda, escrevia teses de mestrado e doutorado sobre qualquer assunto, sua técnica era insuperável, passou a receber encomendas de outros estados, adquiriu fama e os ganhos aumentaram, não ao nível anterior, mas dava para comprar livros e manter os gastos do Alcibíades.

Recordava com nostalgia os cargos em Brasília, os ganhos polpudos, os sonhos não realizados, nem notou que chegara aos cinquenta anos trancado em casa escrevendo teses para estudantes inescrupulosos que se habilitariam ao magistério superior e enriqueceriam currículos, sentia-se cúmplice de descaminhos, mas não podia evitá-los.

Alcibíades se tornou rude, exigente, saía com garotas que dizia serem suas primas e irmãs, uma família até então desconhecida. Percebeu que a única maneira de tê-lo por perto era mantendo o seu padrão de vida e acreditando que as moças eram primas e irmãs.

Redução da renda, gastos elevados, sensação de abandono, solidão, ciúme, idas e vindas à polícia, que pedia mais e mais detalhes dos contratos fraudulentos, temor de ser preso, tornaram difícil a vida do Pedro. Pensou em suicídio, foi impedido pelo medo do inferno. O que a religião lhe incutira era irremovível: teria que arrastar o corpo e a alma até que Deus determinasse o seu final.

Não conseguia concentrar-se, pensamentos sombrios não permitiam. Certa feita, entregou a um cliente uma tese que começava em teologia e acabava em buracos negros, no dia da defesa, foi reprovado no meio de chacotas. Um doutor em biologia molecular foi processado por plágio. Pedro perdeu a credibilidade, os clientes sumiram: temiam a qualidade do produto.

Alcibíades passava dias sem dar notícias, quando aparecia, era para pedir dinheiro ou dormir, exausto dos passeios com a parentada. Repelia os agrados do Pedro, que mesmo assim queria vê-lo, pedir desculpa por alguma falta cometida.

A única referência que tinha dele era o hotel onde trabalhara. Arrumou-se e foi lá, para não dar na vista, jantou e perguntou ao garçom:

— Onde anda aquele seu colega, o Alcibíades?

— Doutor, de vez enquanto ele aparece, janta e conta vantagem, fala de uma bicha velha e gorda que o sustenta. Agora é cafetão e vai abrir um bordel. Está muito bem.

— Doutor, não gostou da comida?

— Estou meio enjoado. Fique com troco.

Não é difícil imaginar os sentimentos do Pedro, nenhum adjetivo pode qualificá-los, já tinha sido humilhado no Rio, mas agora era demais.

Sem rumo, caminhando no ritmo lento que suas pernas suportavam, não notou o avançar da noite, não percebeu pessoas saindo de cursos, cinemas, empregos e sendo substituídas por outras. O quadro lhe era familiar, as ruas ficavam parecidas com os becos de Copacabana.

Um jovem observou o passante e ofereceu seus serviços. Pedro pegou seu braço, chamou um táxi e foi com ele para casa, achava ser a melhor forma de se vingar do maldito garçom.

Antes do amanhecer, despachou o rapaz, voltou para a cama e decidiu nunca mais amar alguém, apesar do Alcibíades não lhe sair da cabeça.

Jamais o esqueceria, como havia esquecido o Alfred e o Troilo. Gostava de seu jeito acafajestado, das anedotas vulgares, da ignorância sobre tudo, do comportamento primitivo, com os outros dois predominavam vínculos intelectuais e românticos, mais fáceis de romper.

Ganhava o necessário para pagar o aluguel, às vezes com atraso, comer em lanchonetes baratas e passar momentos a um só tempo aprazíveis e angustiantes com rapazes que pegava pelas ruas, nas horas em que a escuridão protege os transgressores.

Numa noite, Carlos ligou:

— Estou indo aí amanhã. Vamos jantar?

— Claro!

Pedro sugeriu uma churrascaria, tinha saudade da mesa farta e queria evitar o lugar onde outrora era respeitado.

Ao vê-lo, Carlos teve que olhar duas vezes: aquele não podia ser o Pedro. Não se encontravam há dois anos. Ficou espantado como a mudança, era como se ele tivesse passado esse período numa penitenciária, em hospício para pobres abandonados pela família, em campo de concentração, em algum lugar que deforma o exterior e o interior das pessoas.

Difícil descrevê-lo, aquele não podia ser o menino de sua infância e muito menos o secretário imponente dos tempos do ministério, nem o bem remunerado associado do Thomas de Aquino.

Aproximou-se sorridente, como se estivesse no melhor dos mundos, sequer notou o assombro do Carlos. Obeso, a calça presa à cintura por um elástico, como se esperasse engordar mais, a camisa com manchas de molho e de gordura, o cheiro desagradável indicando a falta de asseio, caspa sobre os ombros.

A imagem era de alguém derrotado pelos acontecimentos, pela vida: a aparente descontração indicava aceitação do ocorrido, seja lá o que fosse, não sentia vergonha, no entanto, dava para notar a forte ansiedade.

Agitado, quase derrubou o garçom que passava com um pedaço de carne enfiada em um espeto:

— Coloque bastante, traga farofa.

Falava com a boca cheia, Carlos não compreendia o que ele dizia.

Em minutos, engoliu enorme quantidade de carne. Parou, respirou:

— Não repare, há muito que não como carne tão saborosa, até esqueci de tirar a dentadura.

Passou a língua pela boca, bochechou ruidosamente com a água do copo e retirou os dentes, o aparato saiu no meio de uma baba misturada com restos de farofa, colocou-o sobre a mesa.

Carlos ficou obcecado pelo inusitado da cena, não conseguia tirar os olhos dos dentes amarelados, presos a uma gengiva de material vermelho que não conseguia identificar: plástico, borracha, resina...

Falou pouco, apenas mantinha o olhar fixo no equipamento retirado de onde só deveria sair em momento de isolamento.

Pedro, sempre com a boca cheia, falava sem parar. O que dizia era incompreensível, mesmo que Carlos prestasse atenção não entenderia nada, achou preferível continuar olhando a dentadura e a boca que devorava enormes pedaços de carne, não mastigava: o instrumento mastigatório não estava em uso.

"Ele levará semanas para digerir isso tudo." Pensou Carlos, que comeu muito pouco, estranhamente fascinado com o que via, perdeu o apetite, talvez nunca mais voltasse a tê-lo. A sobremesa foi igualmente pantagruélica.

Pedro terminou e não quis prolongar a conversa:

— Vamos.

Carlos pagou, deu a gorjeta e pediu um táxi.

— Pedro, onde você mora?

Deu o endereço, falando com boca desdentada, colocara a dentadura no bolso. No meio do caminho, numa rua suspeita, mandou parar e desceu:

— Preciso caminhar um pouco, fazer a digestão, amanhã nos veremos.

O motorista comentou:

— Seu amigo é imprudente, ficou num lugar perigoso, só tem garotos de programa e prostitutas. Não gosto de passar por aqui.

No dia seguinte, Carlos não telefonou, evitou novo encontro com a estranha criatura em que havia se transformado seu velho amigo.

Pedro era um enigma, difícil decifrá-lo, a dentadura era mistério maior ainda, embora parte do todo, não seria fácil desvendar o porquê de retirar tão útil objeto quando se está no lugar adequado.

Como perdera todos os dentes de uma hora para outra? Escorbuto está fora de moda, piorreia é fácil de tratar, talvez alguma doença venérea.

Na viagem de volta não leu, não olhou a paisagem, apenas pensava no que viu. Não conseguia desviar o pensamento da estranha figura. Certamente ele contara tudo enquanto falava com a boca cheia de comida, pena não compreender o que dizia.

O mais difícil de entender eram os dentes, há dois anos eles estavam no lugar e agora não restava um. Por que retirar a dentadura exatamente na hora em que ela seria útil? Há propaganda anunciando fixadores, por que não os usava? Seria de alguém, que a vendeu depois de usá-la? Era a da sua avó? Teria recebido de um político, em troca de votos? Surrupiara de um mendigo bêbado que dormia naquela rua onde desceu do táxi? Comprou no necrotério, numa casa funerária? Todas as hipóteses foram levantadas e nenhuma considerada razoável para explicar aquilo. Por mais que se esforçasse, não podia pensar em outra coisa. Fechava os olhos e lá estava a bizarra figura com seus dentes sobre a mesa.

Tentou não contar para sua mulher, até que numa noite acordou tão assustado que ela se espantou, acendeu a luz e viu o marido pálido, suado, inquieto:

— Sonhei com os dentes postiços do Pedro, eles conversavam comigo enquanto ele comia.

Não dava mais, o que viu tinha que ser compartilhado. Não poupou detalhes do comer com a dentadura sobre a mesa. Sua ouvinte sentiu enjoo por dois dias.

— Esquece esse sujeito!

No sábado, foram a uma pizzaria com colegas.

— O amigo do Carlos, a bicha, está usando uma dentadura folgada que retira para comer e coloca sobre a mesa dos restaurantes.

— Que nojo! Vamos mudar de assunto, senão vamos perder o apetite.

Ao contrário das senhoras, os homens queriam mais detalhes do escatológico espetáculo, queriam ouvir e Carlos precisava contar. Para não escandalizar as mulheres, disse que daria pormenores na segunda-feira, no trabalho. Protestaram, mas as mulheres venceram. Elas estavam certas, a narrativa era imprópria para acompanhar a tão aguardada pizza dos sábados.

Contava, repetia e os ouvintes passavam adiante. Antigos colaboradores do Pedro, quando souberam, se espantaram. A secretária do ministério considerou um exagero. O assunto se tornou polêmico, passou a ser discutido em todos os lugares, em pouco tempo conhecidos e desconhecidos sabiam da bizarra transformação do ex-secretário.

Os curiosos de fatos abomináveis pediam mais detalhes, Carlos não os tinha, contou tudo que sabia. Insatisfeitos acrescentavam aspectos asquerosos e passavam adiante, aquilo só pararia se surgisse algo mais escandaloso ou repugnante.

Carlos se tornou prisioneiro do estranho episódio, não conseguia se livrar dos pensamentos que vinham sem ele esperar, a qualquer hora aquilo aflorava: no meio de um filme, durante uma leitura, nos momentos íntimos com sua mulher, em monótonas reuniões de trabalho. Preocupava-se. Curaria a estranha obsessão ou teria que conviver com ela?

Tornou-se uma ideia fixa tão absurda, que achou conveniente voltar a Porto Alegre, revê-lo, fazer perguntas, tentar saber o que se passara para estar naquele estado lastimável. Disse à sua mulher que ia participar de uma reunião e que voltaria em dois dias:

— Cuidado, não procure aquele doido, você ficou obcecado com o que viu, vai acabar louco.

O temor era justificável, amigos também notaram que seu comportamento fora afetado, pensavam como sua mulher: devia se afastar da estranha figura, diziam que só assim os pensamentos obsessivos sairiam de sua cabeça.

Para abreviar a cura, alguns aconselharam ir ao médico, ele teria algum medicamento para livrá-lo daquilo, outros pensaram em uma sessão de descarrego, até exorcismo foi indicado.

Carlos achou que, do mesmo modo que deixara de pensar na Luiza e no Aristóteles, deixaria de se preocupar com Pedro e sua dentadura.

Sua mulher advertiu mais uma vez:

— Cuidado, loucura pega!

Pressentia que o marido ia ao encontro do incurável ser, fosse qual fosse o mal que o afligia, físico ou psíquico, era caso perdido.

O leitor conhece Pedro por inteiro, Carlos conhece apenas alguns aspectos: da infância, lembra-se dos gritinhos, da adolescência, não podia esquecer o fã da cantora do rádio, sabia da peregrinação de sua família a São Leopoldo em busca de cura. As crianças desconheciam a razão da jornada de fé, os adolescentes compreendiam a necessidade da colaboração espiritual para trazê-lo a um comportamento normal.

A partir de então, se relacionara com o respeitado secretário, o eficiente vice-presidente da empreiteira, o bem-sucedido associado da empresa de treinamento de executivos, o desprendido benfeitor que arcava com as despesas estudantis do humilde garçom, o erudito que lia todos os livros, que estudara em universidade de grande prestígio, enfim, só o aflorar de algum trauma longínquo poderia explicar o estado atual.

As lacunas na biografia do Pedro ele mesmo preenchia com as boas ações e os feitos importantes que imaginava terem ocorrido. O personagem que pensava conhecer não tinha máculas, tanto que foi digno de se relacionar com a Irmã Shirley: "Como ser tão puro namoraria pessoa com desvios morais?"

Com estas certezas, foi a Porto Alegre. Pedro o pegou no aeroporto. A aparência era a mesma da viagem anterior, engordara mais um pouco e caminhava com mais dificuldade, com os pés bastante inchados, balançava o enorme volume à medida que se deslocava.

— Tive uma trombose nas pernas. Passei duas semanas no hospital. Agora estou bem. O importante é que a cabeça continua ótima.

Apresentou o motorista, um rapazote franzino, estranho, parecia desconfiado e mal-intencionado, apesar de bem-vestido, cabelo cortado e limpo, o seu aspecto não era amigável. Pegou a maleta do viajante e se dirigiu ao carro, modelo antigo e muito maltratado.

Descuidado, Carlos quase sentou sobre uma mola que saía do assento traseiro, poderia ter rasgado as calças ou se ferido. Ao seu lado, Pedro falava os assuntos habituais a quem chega: clima, viagem, atraso do voo.

Deu ao motorista o suficiente para colocar cinco litros gasolina e ordenou:

— Vamos ao hotel.

Os odores incomodavam, da frente, vinha o perfume da loção de barba comprada em algum camelô, ao lado, predominavam os da falta de banho e das roupas usadas muitas vezes e pouco lavadas, vestia um sobretudo de lã de boa qualidade, coberto por manchas de comida e cheirando a mofo.

O veículo deve ter sido táxi de motorista fumante, o cheiro de cigarro estava impregnado por todos os cantos.

Pedro comportava-se como da vez anterior, mas demonstrando inquietação, parecia preocupado, mais ansioso. A enorme mola saltada do assento delimitava o espaço, maior para o visitante e menor para o robusto anfitrião, que se sentia incômodo mexendo-se sem parar, fugia do ameaçador arame e se apertava contra a porta.

— Chegamos.

Disse o chofer com voz áspera. Apesar de a frase ser curta, deprendia impaciência. Dava para observar que o ambiente estava tenso.

Eram oito horas da noite, Carlos entrou no hotel e retornou ao carro mais rápido do que o esperado. Encontrou o rapaz gritando impropérios com o patrão, que ouvia calado, cabisbaixo, impassível como um Amish agredido.

Quando amigo chegou, pediu para ele dar algum dinheiro para o motorista abastecer:

— Esqueci a carteira em casa.

O chofer se virou e olhou com desprezo:

— Anda esquecendo a carteira com muita frequência, professor.

— Vamos à Cantina Roma.

Pedro não disse uma só palavra durante o percurso, Carlos falava trivialidades, em silêncio sentia o fedor, esse é o termo apropriado, com mais intensidade, ficaria mais focado nele, temia por sua rinite.

Na noite fria, o chofer ficou dentro do carro sem aquecimento, não foi convidado a entrar no restaurante, comer por conta do patrão. Por falta de dinheiro ou em retaliação aos gritos que deu, passaria frio e fome parado em frente a restaurante agradável, aquecido, com excelente comida italiana a preços módicos. Carlos sugeriu mandá-lo entrar, procurar uma mesa e fazer seu pedido:

— Vocês são meus convidados, não se preocupe com a despesa.

— Não, ele precisa se educar.

Achou sua atitude imprudente. O clima entre os dois não estava bom, com essa postura tendia a piorar. Apesar do corpanzil, Pedro era frágil, incapaz de se defender de alguém com moral e instintos dos que frequentam o submundo. Pedro estava em desvantagem e pensava estar no controle.

— Não é mais prudente mandá-lo entrar?, insistiu Carlos.

— Não, não! Eu dei o carro para ele, pago seus estudos, quando a situação melhorar iremos à Europa. Ele é impaciente, me maltrata. Não sei mais o que fazer.

Debulhou-se em lágrimas, soluçou, sofria dor aguda. Perdeu a vergonha e se manifestou com a intensidade exigida por seu coração maltratado, não se preocupou com os olhares curiosos e agressivos que partiam de todo salão.

Carlos, perplexo, assistia o jorro de sentimentos provocado pelas humilhações sofridas, a do momento talvez representasse muitas outras. Foi ao banheiro, pensou numa desculpa para sair dali, voltar caminhando, o frio faria se sentir melhor. Lembrou-se de sua mulher:

— Cuidado! Loucura pega.

Retornou à mesa, o ataque histérico passara, parecia nem ter acontecido.

— Para começar pedi *capeletti in brodo*, o pão quentinho, está uma delícia, a manteiga amolece e se espalha por cima dele, já saboreei quatro. Garçom, mais pão.

Sobre a mesa estava a dentadura aberta, parecia gargalhar, debochando dos que perdiam tempo com ela, descansava sem constrangimento, indiferente aos olhares de repugnância à sua volta.

Desta vez, foi ignorada pelo Carlos, que considerou sua presença insignificante ante o dramático ato recém-presenciado.

Suas atitudes só seriam compreensíveis se ele estivesse insano ou houvesse desistido de suas lutas.

Passou toda a vida enfrentado e tentando modificar o seu destino, agora, exausto, se entregara e nada mais importava.

Os dias solitários no hospital, esperando o coágulo desaparecer de suas pernas, deram a certeza de que não tinha como consertar nada, apenas expressar revoltas como a que exibia em restaurante frequentado por pessoas que nunca presenciaram cenas como aquela.

A sopa chegou, o queijo parmesão espalhado sobre ela derretia, dando sabor difícil de ser encontrando em qualquer outro prato.

Carlos comeu com prazer, tomando um agradável vinho gaúcho, ignorou Pedro chupando ruidosamente a sopa, a porção do caldo que não entrava na boca murcha escorria pelas laterais, com habilidade, sugava antes que caísse na mesa, na roupa ou voltasse ao prato.

Dois casais, um jovem e outro mais velho interromperam a refeição, saíram olhando para trás, queriam confirmar o que viam, parecia impossível aquilo estar acontecendo.

— Desculpe-me. Essa mania de ajudar os outros nem sempre é bem compreendida. O dinheiro anda escasso, você sabe, o magistério é gratificante, mas paga pouco, como tenho uma compulsão para acudir rapazes sem recursos, fico apertado. Por falar nisso, me empreste cinco mil.

Falou de supetão, sem introito que explicasse a pobreza transitória, a dificuldade momentânea, dando impressão de que poderia pagá-lo, mas não, deu a entender que a razão do encontro era tirá-lo de alguma situação desconfortável e não um jantar amigável como de outras vezes.

Carlos teve a impressão de que não seria um empréstimo, não gostava de emprestar coisa alguma: seria uma doação. Precisou de três minutos para responder, reagiu somente quando Pedro ameaçou desencadear outra crise histérica:

— Por favor, me ajude. Eu imploro!

Falava alto, parecia querer que os presentes soubessem de suas dificuldades, precisava de plateia.

— Só tenho dois mil, serve?

— Está bem, será uma grande ajuda. Obrigado.

Terminou quase se ajoelhando ante seu benfeitor, deu a impressão de que beijaria suas mãos, prudentemente, o doador se afastou.

Ficaram apenas na sopa e nos pães, Carlos não tinha mais fome, pagou, e na saída disse que voltaria caminhando:

— Gosto do frio.

Pedro, dominado pela ansiedade, não o questionou, como não se importou em se humilhar, não se despediu, foi apressado para o carro, deu para vê-lo entregando o dinheiro ao motorista.

O hotel não ficava longe. O minuano, soprando forte a cada esquina, o frio, a umidade, a cerração, tornaram a caminhada desagradável. O mau tempo e a lembrança do jantar impediam que aproveitasse o passeio.

Incrível, em poucos minutos percebeu tudo que negava ou não queria acreditar, entre colheradas de sopa, os segredos do Pedro foram desvendados. Uma cena, apenas uma, esclareceu toda uma vida.

O que os outros já sabiam, ele compreendeu da maneira mais sórdida possível: um homem passado dos cinquenta tentando desesperadamente agradar um ser imoral que o chantageava, ameaçava, ofendia, destruía o que lhe restava de altivez, e tudo na presença de seu único amigo.

Carlos ficou preocupado, sentiu que as coisas não acabariam bem. Achou que não mais o veria: "Por que não foi sincero?" "Teria minha compreensão, minha ajuda, poderia desabafar e receber apoio."

Não era necessário ser vidente para perceber que as coisas iam de mal a pior.

No dia seguinte, acordou cedo, dormiu mal, não se sentia bem, piorou quando entrando no restaurante do hotel deu de cara com Pedro, satisfeito, bem dormido, como se tivesse tirado um peso das costas, parecia aliviado, comia enorme quantidade de pães e de doces:

— Essa cuca de maçã está maravilhosa. Comi umas dez fatias.

Carlos lembrou as cucas de maçã que a avó alemã fazia para ele na infância, *apfelkuchen,* como ela dizia. Não sentiu vontade sequer de provar um pedaço.

— Estava lhe esperando. Malaquias ficou mais calmo, sentia muito medo de ser expulso da faculdade por falta de pagamento. Graças a você, a questão foi resolvida e ele voltou a ser o menino agradável de sempre.

— Que bom.

— Não se preocupe, estou dentro de um esquema, um negócio no Uruguai que me enriquecerá, dará com sobras para pagar os estudos dele e o que lhe devo.

— Ele estuda o que?

— Pedagogia. Adora crianças.

"É pior do que eu imaginava, deve ser pedófilo.", pensou Carlos, enquanto tomava café e mastigava uma torrada.

Levou o amigo para conhecer a faculdade onde lecionava, sentou-se ao lado do motorista: livrou-se da mola.

— Malaquias, agradeça ao Dr. Carlos a ajuda que lhe deu.

— Obrigado, doutor.

Falou em tom mais suave que na noite anterior, ainda que debochado.

— Como vão os estudos?

— Que estudos?

Pedro reagiu como um animal em perigo, a resposta dada colocaria por terra o que contou ao Carlos.

— Ele vai muito bem, adora pedagogia. Será um excelente educador.

Malaquias olhou para o retrovisor, contorceu a boca em sorriso zombeteiro:

— É, adoro *pedalgogia*.

O pouco que falava expunha sua dificuldade com a língua. Carlos não levou adiante seu pensamento. Malaquias não era o único a desprezar a gramática.

Percorreram uns trinta quilômetros, chegaram ao campus limpo, gramado e arborizado. Desceram no prédio da direção:

— O diretor está? Gostaria de lhe apresentar um amigo de Brasília.

Citar alguém da capital sempre desperta curiosidade, pode ser alguém chegado ao governo, com amigos poderosos e aberto a negócios.

Ao ouvir o nome da cidade mágica onde tudo é possível, o diretor veio recebê-lo:

— Bem-vindo, doutor Carlos, Pedro já me falou do senhor.

Com forte sotaque germânico, aparentando ser pessoa rude, com pouco saber e muita esperteza, convidou-o a sentar. Procurou ser simpático.

Com enorme experiência em decifrar intenções, olhava para o interlocutor tentando saber de que forma ele poderia ser útil. Conhecendo o patrão, Pedro tentou facilitar as coisas:

— Carlos conhece todo mundo no Ministério dos Transportes.

O diretor percebeu que perdia tempo, não tinha nenhum negócio naquele ministério e o visitante não insinuava nada. Poderia falar de modo indireto que ele compreenderia.

Como a conversa não desempacava, pediu ao Pedro fazer algo distante dali, e abordou Carlos de forma objetiva: mencionou pessoas com quem havia feito negócios, citou reputados estelionatários, ministros, deputados, senadores que poderiam atestar o seu caráter, sua correção em pagar o acertado. Falou em aliados capazes de abrir contas nos mais diferentes cantos do mundo, enfim, mostrou ser pessoa experiente, correta e confiável.

Como Carlos não insinuava coisa alguma, parecia não entender, considerar a conversa estranha para um educador, um religioso, o outro, percebendo que o assunto não evoluía, foi direto ao ponto:

— Tem boas relações com a turma do orçamento no Congresso? E no Tesouro?

— Não, sou apenas um técnico.

O diretor não era homem de perder tempo, sentindo desperdiçar minutos preciosos com aquele idiota, chamou Pedro e, com tom de voz pior que o do chofer, ordenou:

— Gordo desdentado, feche a cortina, não vê que a luz está me incomodando, idiota?

— Seu Carlos, passar bem.

— Pedro, entregue até amanhã cópia autenticada do seu diploma de Harvard, caso contrário, terei que demiti-lo.

O professor pretendia introduzir o diretor em novo caminho tortuoso que o levaria a grandes ganhos, mas acabou ofendido em público por alguém que pensava respeitá-lo.

Pedro não conhecia nenhum dos dois, nem o amigo nem o chefe, sempre afobado, não se aprofundava em análises comportamentais.

Se fosse demitido, de onde tiraria o sustento para ele e para o desagradável, mas essencial, Malaquias? E os livros? Ficou assustado com essa possibilidade. Começou a temer o pior, não sabia o que seria, mas temia.

— Posso ficar aqui, disse Carlos, quando passaram perto do aeroporto. O meu voo é daqui a cinco horas. Ficarei lendo, nem almoçarei, exagerei no café da manhã.

Queria apenas se ver livre daquela dupla incômoda e malcheirosa, ficar só, ocupar seus pensamentos com coisa menos perturbadora.

Despediu-se, sem receber resposta do Pedro e nem do estudante de pedagogia.

As cinco horas de espera não passavam, desatento à leitura, cego à paisagem, surdo aos avisos, só conseguia pensar na mais desagradável de suas viagens. Viu e ouviu o que não deveria ser visto nem ouvido: o estranho Malaquias, o grosseiro diretor, as humilhações impostas ao Pedro, a agitação incomum de quem sabia que estava em posição difícil.

Carlos não sabia o que sentir: pena, desprezo, asco. Muitos sentimentos se misturavam. Queria ajudá-lo, mas como?

Pedro teria que passar por ampla desintoxicação física e mental, recuperar a saúde do corpo e tentar entender o que, alojado nas profundezas do inconsciente, o desorientava.

Procurava estabelecer o percurso do Pedro desde a casa geminada até aquele momento, continuou preenchendo as lacunas com a imaginação, procurando fugir da ficção benevolente e tentando se aproximar da verdade cruel.

A vida do Pedro era uma fraude, mas a partir de que momento? Lembrou-se do encontro na confeitaria Rocco, quando ele foi claro: seu objetivo era ser presidente do fã-clube da cantora que idolatrava. Sabia o que queria, tinha uma razão para viver. Iria para o Rio exercer o seu mandato e penetrar cada vez mais no mundo de seus sonhos, nele não seria um estranho, um rejeitado, um incompreendido.

Desse dia até o reencontro em Brasília se passaram muitos anos, do quais conhecia apenas o que ele contara. História sem testemunhos ou cúmplices; de prova documental, apenas o álbum do colégio, que exibia com orgulho:

— Os meus colegas estão todos bem situados. Formamos uma confraria unida. Estamos sempre em contato. Aquele de óculos escuros sou eu.

Seria um grupo imaginário como o dos intelectuais gaúchos?

O curso na América, aceito como autêntico, começava a provocar dúvidas: não conhecia a língua local, nunca falou sobre a universidade, nem exibia o diploma. O namoro com a mártir parecia inverossímil, desde criança evitava as mulheres: foi o único menino que não se interessou pelo folheto erótico da *Seleções*. A atuação revolucionária, só com boa vontade poderia ser levada a sério. Os livros que comprava e parecia não ler, aparentemente, sua única incursão literária foram os duelos poéticos, nos quais Pedro exigia representar o personagem feminino: Heloísa ou Julieta, conforme contou seu pupilo Alfred Douglas (Abelardo ou Romeu).

Assim foi percorrendo a extravagante vida da qual queria colar os pedaços, achar o melhor dela, mas não conseguia, ao contrário, ela se fragmentava cada vez mais, o número de cacos aumentava: não havia como juntá-los.

A única conclusão que tirou foi de que a vida divulgada era uma farsa, mas era a sua vida. Se todos excluírem as mentiras, as meias verdades, as fantasias de suas biografias, muita coisa será descartada, sobrarão, também, cacos espalhados, pedaços cobertos de sujeira.

O que restaria do Pedro? O momento atual indicava que sobraria muito pouco, quase nada do respeitado secretário que conheceu a glória percorrendo os salões acolhedores da capital e compatibilizando seu caráter com relacionamentos discretos.

Em casa, sua mulher notou que algo não saíra conforme o esperado:

— Não me diga que você esteve com aquele desajustado. Mandou minhas lembranças à dentadura. Carlos, você não tem jeito. Não sei se é solidariedade com quem decidiu adotar hábitos estranhos ou curiosidade mórbida.

Aí está a raiz da questão: não foi Pedro quem resolveu adotar hábitos estranhos, tantos foram os que decidiram por ele que seria difícil nomeá-los, o leitor conhece todos, sabe da luta do pobre coitado para se adaptar-se ao que a sociedade queria que ele fosse.

Não bastassem os vivos, indicando o caminho que ele deveria seguir para não envergonhar sua família, sua avó veio do inferno para amedrontá-lo, caso cometesse desvios. Arauto de todos os demônios, bradava o alerta bem-intencionado, mas aterrorizador: "Seja homem como seu tio, senão terás morte infame."

Seria melhor adulterar livros contábeis, roubar do patrão, mentir, do que ser o que o neto demonstrava ser?

Pedro, em nenhum momento, foi dono de seu destino. Se seu tio não tivesse fraudado os balanços da casa de ferragens, não brotaria a riqueza que permitiu mandá-lo para longe, para internato austero, impróprio à sua natureza espalhafatosa.

Sua única culpa estava em lutar intensamente contra o seu fado. Em vez de aceitá-lo, colaborava com o santo invocado por sua família a produzir o esperado milagre da transformação.

Carlos deitou e dormiu logo, estava cansado. No dia seguinte, não teve como deixar de contar à sua mulher o ocorrido. Ouviu em silêncio, sem gracejos, compreendeu seu marido, ele estava dominado pela curiosidade, quem sabe algum dia escreveria sobre isso, daí a necessidade de não deixar escapar detalhes.

Não contou às amigas, pressentiu o desenlace trágico se aproximando. Dramática, falou ao marido que Pedro teria o mesmo fim de Cleópatra e Marco Antônio.

O marido, menos astuto que sua mulher, questionou:

— Pode ser. Quem será um e outro?

— Ele mesmo, não é essa sua encruzilhada, o dilema de sua vida? Esse é o conflito que ele carrega desde a infância. Você ainda não percebeu? Acabando um acabará o outro e finalmente ele terá paz.

— Onde?

— Sei lá, em qualquer lugar, só sei que aqui não terá jamais.

Conforme ensinou Aristóteles, essa tragédia, como todas outras, deveria envolver morte, sofrimento e catarse na plateia.

O quinto ato se desenrolava sem plateia — ninguém estava interessado naquele ser decadente.

Apenas Carlos acompanhava a peça sem saber se aplaudia, vaiava ou abandonava indignado o teatro. Arrependia-se de cavoucar a biografia de alguém que nunca lhe fora próximo. Na infância moravam perto, mas o relacionamento era escasso. Não fosse a proeza de sua avó no episódio da privada, talvez sequer se lembrasse dele.

Sua mulher se limitava a perguntar:

— Alguma novidade?

— Não. Nada ainda.

Compartilhava a curiosidade com o marido. Várias coisas uniam o casal, no momento, a relação era fortalecida pela expectativa do aguardado desenlace.

O tempo ia passando e nada. Numa noite, enquanto assistiam o noticiário, o telefone tocou. Carlos atendeu, colocou o fone no ouvido e, de imediato, ouviu o mais desesperado grito de socorro jamais escutado, nenhum artista poderia retratá-lo, nenhum poeta poderia traduzi-lo.

— Carlos, pelo amor de Deus me empreste três mil, vou pagar. O negócio do Uruguai está indo bem. Ficarei rico. Por favor, me ajude, eu imploro, não dá para esperar, esse dinheiro me salvará. É questão de vida ou morte!

Antes de encerrar a ligação, deu para ouvir ao fundo uma fala estranha:

— Nada pior que bicha velha, pobre e escandalosa. Volto amanhã para pegar a grana.

A mulher do Carlos ouviu tudo na extensão:

— Meu Deus! Vão matá-lo!

— Não. Vou mandar o dinheiro. Quando ele sair dessa confusão, irei ajudá-lo a tomar um rumo.

O dinheiro foi enviado. Não recebeu agradecimento. Ligou dois dias depois, ninguém atendeu, ligou mais uma vez à noite e nada. O casal foi dormir com maus pressentimentos.

— Carlos ligue para ele enquanto preparo o café.

Conferiu o número, era o que sabia de cor, estava certo, discou e ficou sem resposta.

A possibilidade da morte perturbou os dois, mais a mulher do que ele:

— Deve estar no hospital, quem sabe não ocorreu outra trombose?

A hipótese mais otimista era um trombo percorrendo as veias de suas enormes e adiposas pernas.

Terminavam de almoçar, quando telefone tocou:

— Quero falar com o senhor Carlos.

— Sou eu, pode falar.

— Trabalho no gabinete do diretor da faculdade, onde o senhor esteve há poucos dias, lamento lhe dizer que o professor Pedro morreu, foi assassinado, o corpo está com o legista, o enterro será amanhã.

— Estou indo hoje à noite.

— Quando puder, diga o número do voo que irei apanhá-lo.

— Pedro foi assassinado, tenho que ir.

— Vou arrumar sua mala.

— Meu Deus! que tragédia.

Teria sido assaltado? Seria vingança de algum menino da madrugada que não recebeu o combinado? Seu corpo banhado em sangue fora recolhido na calçada? As possibilidades iam percorrendo a mente do Carlos, a única excluída era o crime ter sido praticado pelo Malaquias, para acalmá-lo, depositara os três mil pedidos em desespero. Mesmo irritadiço, mal-educado, ele devia nutrir alguma gratidão ao dinheiro de seu benfeitor.

Jovem, com enorme vivência na marginália, não esperava mais nada daquela figura que lhe repugnava. Pegou o dinheiro e sumiu, por isso não constava da lista de suspeitos do Carlos.

No meio dos cenários caóticos que organizava, sentia uma estranha satisfação: enviou o dinheiro, atendeu o último pedido do amigo, evitou ele ser morto por pessoa tão próxima. Estava consciente de ter feito tudo que estava ao seu alcance para evitar a tragédia.

O funcionário da faculdade o levou ao hotel. Ficaram no bar conversando por mais de uma hora.

— Ele nunca faltou a uma aula, tinha muito medo de ser demitido. Era maltratado pelo diretor e por seu filho, ambos clérigos. Ridicularizavam-no permanentemente, independente de onde estivesse: com os alunos, no refeitório, na capela, até mesmo diante de pessoas importantes como o senhor.

— Pedem piedade a Deus e são impiedosos? Qual a razão de tratá-lo assim?

— Os dois pregam a palavra de Deus do modo que a interpretam. A vida depravada do professor lhes provocava ira, ficavam repugnados em conviver com pecador daquele porte.

— Os dois são pessoas corretas?

— Perante a religião, são. Estelionato, sonegação de impostos, lavagem de dinheiro, fraudes contábeis, como o senhor sabe, não são pecados.

— Obedecem aos dez mandamentos e evitam os pecados capitais.

— Mais ou menos.

— E os demais, como o tratavam?

— Bem, até mesmo os outros religiosos gostavam dele. Atribuíam seu modo de vida à vontade do Criador.

— Por que o contrataram?

— A faculdade não costuma cumprir regras nem compromissos, é do caráter dos dirigentes. O número de professores pós-graduados é inferior ao determinado pela lei, como ele possuía os títulos adequados, foi contratado.

— Eu ouvi o diretor dizer para ele trazer a comprovação do que afirmava ser senão o demitiria.

— Ele sempre fazia isso para incomodá-lo. Como nunca trouxe, o diretor deu um dinheiro ao fiscal dos currículos e ficou tudo resolvido.

— Onde ele morreu?

— No apartamento.

— Quem pagará o enterro?

— A faculdade. A oração fúnebre será feita pelo próprio diretor.

— Você entrou no local do crime?

— Sim. Eu, o síndico e o porteiro.

— E o que viram?

— Doutor, é preferível o senhor não saber, pode perturbá-lo. Acho que terei pesadelos por muito tempo.

Carlos queria detalhes: Como estava a cena do crime? Como era o apartamento? Qual a arma utilizada? O sinistro cenário deveria ser descrito em seus mínimos aspectos. Demonstrava impaciência com a narrativa parcimoniosa de seu interlocutor.

Que Pedro morrera, já sabia, agora queria os pormenores, as minúcias. Não por solidariedade, dor ou tristeza, apenas por curiosidade. Chegou a pensar que padecia de alguma forma de loucura, tal era o desejo de conhecer todos os aspectos do crime.

— Você foi ao necrotério?

— Fui, era necessário alguém fazer o reconhecimento.

— Posso ir?

Estranhando a pergunta, respondeu:

— Não, doutor! O corpo está horrível, além do excesso de peso, a morte foi mutilante. Compreendo, o senhor quer estar com ele cada minuto, acompanhá-lo, homenageá-lo.

— Você entendeu a minha intenção. É triste saber que não o verei mais.

O apartamento com dois quartos, segundo o síndico, nunca foi limpo e as persianas jamais abertas, o sol em momento algum entrou ali.

Os policiais tiveram dificuldade em atravessar o corredor estreito atulhado de livros, a maioria empacotado. O cheiro era insuportável. Tentaram abrir a janela — não deu, também não conseguiram levantar a persiana, emperrada pela falta de uso. Prosseguiram seu trabalho na penumbra.

Só havia luz no quarto de dormir, iluminado por uma lâmpada com menos de sessenta velas, as outras estavam queimadas.

Entre paredes cobertas de sangue, estava o mundo, os gostos e prazeres do morador: uma imensa cama de casal, embaixo dela livros empoeirados, jornais por todos os cantos, alguns lidos, outros não, centenas de filmes ainda envelopados, não havia sequer o aparelho apropriado a vê-los, a televisão não funcionava, num canto, algumas roupas na embalagem da tinturaria.

O restante do imóvel era tomado por livros, inclusive a cozinha e o banheiro, onde apenas o vaso sanitário podia ser alcançado e usado, ainda que com dificuldade.

O síndico informou à polícia que o professor vivia perigosamente, saía de madrugada, voltava com rapazes que subiam e desciam rapidamente:

— Ele colocava os moradores em risco. Estávamos preparando o despejo.

O que fazia naquele ambiente? Morava no escuro. Transformou a moradia em lugar de expiação, como os eremitas vivendo em cavernas povoadas por peçonhas.

Buscava a salvação pela solidão? Pelo sofrimento? Pelo desconforto? Teria a companhia de demônios tentando-o sem parar, ordenando as saídas noturnas, indicando o caminho do pecado incessantemente?

Sem a força de vontade dos tentados bíblicos, se entregava à luxúria. Terminado o momento de prazer, arrependido, retornava à sua caverna povoada por traças, baratas, ácaros, mofo, poeira, mau cheiro doméstico misturado ao de corpos imundos.

Deveria permanecer catatônico, vivo e morto ao mesmo tempo, por horas, por dias. Causas psíquicas é que não faltavam. A ausência de comida indicava jejuns domésticos, quebrados em lanchonetes baratas.

Ele enfrentou os três adversários identificado pelo escritor francês (*): a religião, a sociedade e a natureza.

Exausto, não mais resistiu às tentações e perdeu a luta que travou contra os três antagonistas por quase quarenta anos.

Pedro perdeu todas as lutas contra a religião, a sociedade e a natureza, no caso, a sua própria. Para sustentar estas batalhas, precisava combater inimigos poderosos: a superstição, os preconceitos e os genes que recebeu ao nascer.

Derrotado, só lhe restaria a morte, providenciada por Deus ou decidida e executada por ele mesmo, como a de Gilliard(*), que sentado em um rochedo, aguardou a maré alta afogá-lo.

A religião foi seu primeiro desafio, se aliou ao adversário, conseguiu ser aceito e ter vida decente. No colégio, sem ser levado a sério por seus pares, o velho sacerdote alertou que o demônio disputava com a Igreja a posse daquela alma devotada à religião, pregando o voto de castidade entre os jovens, estudando a vida dos santos e não perdendo retiros espirituais.

A sociedade: parentes, vizinhos, conhecidos e desconhecidos, vivos e mortos o achincalharam até conseguirem tirá-lo de suas vistas e livrarem as crianças de sua influência danosa. Apesar da humilhação, não chegou a ter uma derrota completa, foi afastado de seu caminho, mas seus horizontes se ampliaram.

O maior desafio foi tentar modificar sua natureza, lutou até onde deu, mas não resistiu, o combate estava além de suas forças, foi derrotado e acolhido por todos os demônios que finalmente conseguiram roubá-lo da Igreja.

Pedro era um anjo caído, como o próprio Lúcifer, no entanto, uma abissal diferença separava os dois: o querubim, o mensageiro de Deus, usou sua própria vontade para seguir o caminho do mal, Pedro não teve essa opção: ele foi empurrado para o inferno antes de seu nascimento.

O enterro foi à tarde no mesmo cemitério onde repousava sua mãe, sob a mesma lápide de granito negro onde ele derramara lágrimas por ela.

Na capela mortuária se acotovelavam colegas, alunos e religiosos. Contrariando a ordem das coisas, o caixão foi o último a chegar. Colocado no lugar apropriado, permaneceu fechado, quando alguém pediu para abri-lo, o funcionário da faculdade, que o acompanhava gritou:

— Não! Não!

Sem questionamentos, a ordem foi obedecida.

Carlos se aproximou do funcionário e cochichou no seu ouvido:

— Por que não abrir?

— Doutor, ele está nu, de costas, foi o único modo de acomodá-lo no caixão. A cabeça está aberta.

Respondeu baixinho, só Carlos e um aluno que estava próximo ouviram. Em poucos minutos, as vinte pessoas que se amontoavam junto à urna sabiam por que não abri-la.

Uma funcionária da faculdade, em pranto como só as carpideiras gregas são capazes de derramar, não se conteve e histérica gritou:

— O professor Pedro não pode entrar nu na vida eterna. Abram o caixão! Abram!

Abraçada com carinho por um pastor, foi retirada do recinto.

O caixão tinha a habitual janelinha de vidro, percebendo a possibilidade de ver alguma coisa, mesmo pouca, alguns se aproximaram — saíram decepcionados. O morto estava ao contrário do esperado, queriam ver a face deformada, mas enxergaram apenas a perna gorda e peluda espremida contra o vidro.

Na cabeça dos presentes a imagem era a mesma: o morto partindo despido para a vida eterna. Nem os teólogos poderiam responder para onde ele iria, se seria recebido sem roupas ou se havia vestes apropriadas para quem chega dessa forma. Como no início não havia vergonha, é possível que os mortos possam andar nus como Adão e Eva antes de conhecerem o pecado.

Gustave Doré, interpretando as mensagens de Dante, retratou muitas pessoas nuas no purgatório e no inferno. No paraíso o artista colocou as almas vestidas ante o Criador.

Forçado a situações indesejáveis, mesmo sem decisão própria, é possível que Pedro se encontrasse no purgatório, no céu, dificilmente. O maior pecado cometido por ele com seu livre arbítrio foi a gula.

Na infância era cheinho, na adolescência gordinho, nos anos dourados de poder, dinheiro e mesa farta, tornou-se um gordo sibarita, nos maus momento, comia mal e aumentava seu estranho corpo, agora era um cadáver obeso mórbido, dificultando o trabalho dos legistas, dos agentes funerários e de quem carregaria o caixão.

Apenas esse pecado era incapaz de jogá-lo no fogo eterno, sequer havia consenso sobre sua gravidade. Santo Agostinho o considerava falta menor, São Gregório dizia ser pecado mortal. Na Bíblia, o alerta sobre aqueles que abusam da comida e da bebida está em Provérbios 23:2: "Se és dado à gula, mete a faca na garganta (...) a comida é enganadora."

Metendo a faca na garganta o glutão cometerá suicídio e irá para o inferno. Considerando que cumpriu as escrituras, não poderá ser condenado. Situações pouco claras como essa provocaram cismas, guerras, excomunhões recíprocas de milhões de inimigos com a mesma fé.

Alguém mais rigoroso poderia dizer: "Ele mentiu a vida toda." O santo padre Pio foi taxativo: "As mentiras de desculpas são a ejaculatória do diabo." Muito antes dele, Jó informou à posteridade: "O diabo é mentiroso e pai da mentira." No Apocalipse de João 22:15 a palavra de Jesus não deixa dúvidas: "Ficarão de fora os cães, os feiticeiros, os libertinos, os assassinos, os idólatras e todos os que amam a mentira e a praticam."

Embora não existam mais questionamentos sobre o destino dos mentirosos, sempre é bom consultar Dante, afinal, ele esteve no inferno e voltou. Lá encontrou os simoníacos com a cabeça enterrada, com os pés de fora do buraco, sendo queimados por fogo eterno. Todo simoníaco é mentiroso, portanto, não restam mais incertezas sobre o seu destino.

No caso do Pedro, ainda fica uma dúvida: a luta incessante contra as tentações e sua natureza dada por Deus não deveriam ser levadas em conta em seu julgamento? Os mais indulgentes dirão que sim, os que se apegam à lei de Talião dirão que não. Como os segundos são ampla maioria, o mais provável é que Pedro esteja no inferno, sofrendo junto aos papas que vendiam indulgências perpétuas.

Preocupado, o funcionário voltou a cochichar no ouvido do Carlos:

— Teremos que carregar uns duzentos quilos.

Ouviu, calculou e respondeu:

— Caberão uns trinta quilos a cada um.

Carlos passou da preocupação espiritual à preocupação material: o enorme peso que carregaria, já que não fugiria desse dever.

O velório transcorria dentro do esperado, já se passaram duas horas, as pessoas falavam alto, algumas contavam histórias que provocavam risos, a carpideira, com as lágrimas secas, apenas soluçava, nesse momento, com impecável batina de seda negra, estola roxa, colarinho branco engomado com duas pequenas abas sobre a túnica talar, o diretor entrou e em voz alta ordenou:

— Silêncio, vamos começar a orar para consolar a nós todos: os amigos sinceros do nosso saudoso Pedro.

Uma voz fraca se levantou:

— Senhor diretor, o defunto é católico, portanto, farei a sua encomendação.

— Padre, não abrirei mão desse ato final, eu convivia com ele diariamente e o senhor foi apenas seu professor no ginásio.

— Diretor, como um católico vai chegar ao céu pela mão de um luterano?

— O senhor está sem os paramentos adequados à cerimônia.

— Deus dispensa roupas caras.

Mostrou os instrumentos simples necessários à cerimônia: água benta e o livro sagrado.

— Seu ritual despreza o poder de Deus, não tem sentido encomendá-lo ao dono de sua alma imortal. Encomendá-lo é querer influir na vontade do Senhor. Um absurdo católico!

Se aquilo não fosse interrompido, as duas igrejas representadas por dois guerreiros que professavam a mesma fé e seguiam o mesmo livro sagrado, separados apenas por sutilezas rituais, detalhes espirituais e por pecados centenários, retornariam à 1517 — retomariam guerra encerrada.

Era visível que a disputa seria vencida pelo luterano, sua presença era mais imponente, sua fala mais contundente, seu corpo mais forte e seu exército maior. O velho jesuíta seria abatido com facilidade: magro, vestindo um terno surrado, com o colarinho puído e dividindo sua fé apenas com o cadáver.

A questão foi encerrada quando o vozeirão do diretor ocupou o recinto:

— Quem pagou o enterro fui eu. O morto é meu.

— Amém.

Todas as vozes, menos uma, se manifestaram ao mesmo tempo, concluindo a disputa.

Enquanto o diretor proferia a oração fúnebre, o padre balbuciava rezas e jogava água benta sobre o caixão, evitando que o morto chegasse à presença do Senhor sem ser apresentado.

Seis homens tomaram as alças do ataúde, sentiram o peso, se arrependeram de não deixarem outros assumirem a dianteira. Após os cem primeiros metros, três foram substituídos, logo, outros três pediram para serem trocados, e assim se passou ao longo de quatrocentos metros de caminhada. Foi o primeiro enterro, ao que se sabe, realizado em revezamento, como nas provas atléticas.

Extenuados, chegaram ao final da caminhada. As anotações tumulares indicavam que, após a mãe do Pedro, ninguém mais havia sido enterrado ali.

Os tios e a prima ainda estariam vivos ou teriam sido sepultados pelo serviço funerário da prefeitura? Certamente não poderiam pagar o aluguel da capela, o óbolo para a encomendação e um caixão caro em madeira de lei.

Ainda por cima, sentiriam vergonha de repousar junto a seus ancestrais em modesto caixão de madeirite, forrado por pano roxo barato.

Em vida, a opinião alheia indicava seus rumos, não havia por que ser diferente na morte, devem ter optado pelo modesto serviço público em cemitério distante. Passariam a eternidade sem a companhia da família.

Em que pese a crueldade do assassínio, a inimaginável cena do crime, o inusitado enterro, a imprensa não noticiou o ocorrido. Não era discrição, não era para manter a privacidade, era pela desimportância do morto, ninguém sabia quem ele era, quais os seus feitos: Pedro era um anônimo.

Seu único legado — os livros — foi levado para a biblioteca pública e repartido por bibliotecas menores, nem aí a sua memória foi respeitada, alguns beneficiados exaltaram a si próprios pelo aumento do acervo local, pedindo ao povo para não esquecê-los nas próximas eleições.

Carlos foi o último a sair do cemitério. Tomado de nostalgia, lembrou a infância, gostaria de saber como estavam os meninos da rua Cristóvão Colombo, as casas, o pequeno comércio.

Com essas recordações, retornou à sua rotina, se acomodou tanto a ela que fora do trabalho passava todo o tempo em casa, quase não saía.

Certa feita, mexendo na correspondência encontrou uma do banco. Leu, ficou pálido, sentou, releu: "A remessa de três mil reais não foi efetuada, o número da conta-corrente do destinatário estava errado. Atenciosamente..."

— Vou dar uma volta.

Caminhou, relendo o singelo aviso bancário, nunca uma frase tão simples, tão rotineira, transmitiu tanta informação. Carlos lia e relia o escrito, não prestava atenção em nada, não respondia cumprimentos, apenas lia e pesava: "Pedro morreu por minha causa. Sou o seu assassino, o outro apenas materializou meu erro. Não terei, nem mereço perdão pelo que fiz."

Jogou a carta rasgada em pedaços minúsculos no lago da cidade. Nunca falou dela com sua mulher. Jamais foi o mesmo, tornou-se apático, indiferente a tudo. Os próprios filhos notaram: "Papai pirou."

Foi ao julgamento dois anos depois do crime. No banco dos réus, Malaquias estava impaciente, se mexia, olhava de modo desafiador para o promotor e para os jurados, percebia a fraqueza do defensor público, que sequer tinha a mímica histriônica e o discurso barroco com torneios de voz dos criminalistas, o defendia sem convicção e saber, sem ter procurado falhas processuais ou atenuantes.

Defendê-lo não seria fácil: a arma do crime, um martelo ensanguentado cheio de impressões digitais foi encontrado na lixeira do prédio; o testemunho dos vizinhos, dizendo que ele era companhia constante do morto; a palavra do síndico falando no alerta sobre trazer rapazes de mau aspecto nas madrugadas; a falta de álibi e assim por diante.

Em quinze minutos, os jurados o condenaram e, em mais uma hora, o juiz o sentenciou a vinte e três anos de prisão. Pedro foi vingado.

(*) VICTOR HUGO — "LES TRAVAILLEURS DE LA MER" (1866)

La religion, la société, la nature; telles sont le trois luttes de l'homme. Ces troisluttes sont en même temps ses trois besoins; il faut qu'il croie, de là le temple;il faut qui'ilcrée, de là la cité; il faut qu'il vive, de là lacharrue et le navire. Mais ces trois conttiennemt trois guerres. La mystériuse dificulté de la vie sort de toutes les trois. L'homme a affaire à l'obstacule sous la forme superstition, sous la forme préjugé, et sous la forme élément. Un triple anankèpese sur nous, l'anakè des dogmes, l'ánakè des lois, l'anakè des choses.

TRADUÇÃO DE MACHADO DE ASSIS:

A religião, a sociedade, a natureza: tais são as três lutas do homem. Estas três lutas são ao mesmo tempo as suas três necessidades; precisa crer, daí o tempo; precisa criar, daí a cidade; precisa viver, daí a charrua e o navio. Mas há três guerras nestas três soluções. Sai de todas a misteriosa dificuldade da vida. O homem tem de lutar com o obstáculo sob a forma superstição, sob a forma preconceito e sob a forma elemento. Tríplice *ananke* pesa sobre nós, o *ananke* dos dogmas, o *ananke* das leis, o *ananke* das coisas.

Em *Notre-Dame de Paris*, o autor denunciou o primeiro; nos *Miseráveis*, mostrou o segundo; neste livro, indica o terceiro.

A estas três fatalidades que envolvem o homem junta-se a fatalidade interior, o *ananke* supremo, o coração humano.

Ananke(grego): necessidade

ESTA OBRA FOI COMPOSTA PELA CASA DE IDEIAS EM SCRIPTINA PRO
E MINION, CORPO 11 E IMPRESSA PELA ARVATO BERTELSMANN
EM OFSETE SOBRE PAPEL PÓLEN SOFT 80 GRAMAS PARA A
EDITORA OCTAVO EM JULHO DE 2015